Weis
Ein Ende in Lourdes

Norbert Weis

EIN ENDE IN LOURDES

Grenzen einer Reise

Patmos Verlag Düsseldorf

»Aber zu welchem Zweck wurde
denn eigentlich diese Welt gemacht?«
fragte Candide. – »Um uns zur Raserei
zu bringen«, erwiderte Martin.

Voltaire: »Candide«

Die Deutsche Bibliothek – CIP-Einheitsaufnahme

Weis, Norbert:
Ein Ende in Lourdes. Grenzen einer Reise / Norbert Weis. –
1. Aufl. – Düsseldorf : Patmos-Verl., 1995
ISBN 3-491-72323-X

© 1995 Patmos Verlag Düsseldorf
Alle Rechte vorbehalten
1. Auflage 1995
Umschlagbild: René Magritte (1898–1967), Le rossignol, 1962,
Öl auf Leinwand, 116 x 89 cm, © VG Bild-Kunst, Bonn 1995
Umschlaggestaltung: Annelie Sroka, Kiel
Druck und Bindung: Bercker GmbH
ISBN 3-491-72323-X

Inhalt

Vom Hokuspokus des Wunders · Von der Sehnsucht des Menschen · Merci ma bonne mère.

Pascal oder: Höre auf Gott! · Der Arzt in uns ·
Von der Wohltat des Glaubens · Wunderglaube,
Aberglaube? · Immanuel Kant oder: Vom Afterdienst Gottes.

Im Château Fort · Hiobs Närrin oder: Die Anstiftung zur Lossagung · Allein in stürmischer
Nacht? · Leibniz oder: Die Rechtfertigung Gottes · Kain und die Freiheit des Willens · Glaube,
das letzte Wort?

Anstelle eines Vorworts
Vorspiel in dem Theater

– und dann, liebe Dame, hatten wir unsere erste Begegnung. Du erinnerst Dich? Der Krieg war noch nicht lange vorbei. In der Stadt war vom Marshallplan die Rede, und Schuldiener Frosch schenkte in der Turnhalle aus einem riesigen Suppenkübel »Schulspeisung« aus.

Die Schillerstraße lag in Schutt und Asche. Kaum ein Gebäude hatte die Bombennächte überstanden. Aber unser Filmtheater, die »Lichtburg«, war stehen geblieben, war unbeschadet davongekommen.

Was für ein Glück!

Eines Tages, weißt Du noch? gab es dort Deinen Film. Es war jene (wie wir damals fanden) herzergreifende Geschichte um Dein Rendezvous mit Müllers Töchterlein, der kleinen Bernadette Soubirous. Der Direktor unserer Schule hatte geschlossenen Besuch angeordnet – unsere Begeisterung hielt sich in Grenzen. Denn der Streifen lief in schwarz-weiß, wo es doch inzwischen bunte Filme gab, zum Beispiel »Dschungelbuch« oder »Der Dieb von Bagdad«…

»Warum«, murrten wir, »sehen wir uns nicht mal sowas an?«

Doch die Erwachsenenwelt, allen voran unsere Lehrerin, Fräulein Kranz, ließ nicht mit sich reden und bestand auf schwarz-weiß. Zur Einführung las sie ein Kapitel aus einem Buch, einem Roman, der, wie sie erklärte, dem Film »zugrunde gelegen« habe…

Nun, in unseren Kreisen las man solche Bücher nicht. Man verschlang die Abenteuer von Buffalo Bill, von Winnetou und dessen Blutsbruder Old Shatterhand. Doch darauf nahm die Kranz keine Rücksicht.

»Ruhe in der Klasse und zugehört! Ich lese nur einmal!«

Nur einmal? Gottlob.

Dann marschierten wir geschlossen durch die zerbombte Schillerstraße zum Filmtheater, der »Lichtburg«.

Das Gerangel vor dem Eingang –

Das Gerangel um Plätze –

Es wurde dunkel im Saal –

Als es wieder hell geworden war, hatte sich etwas ereignet – was genau, wäre schwer zu erklären gewesen. Fest stand nur dies: Buffalo Bill, Winnetou und Old Shatterhand waren uns für längere Zeit aus den Augen gekommen.

Natürlich, liebe Dame, frage ich mich heute, ob es diese frühe Begegnung mit Dir gewesen ist, die mein Interesse an Deiner Lourder Affäre mit verursacht hat, an ihr und allem, was damit zusammenhängt.

So vieles hat sich seit jenen Tagen verändert. Der Glaube an Deine Wirklichkeit, ja die Fähigkeit zum Glauben überhaupt, scheint in weiten Kreisen abhanden gekommen zu sein. In seinem Roman »Das Lied von Bernadette« schrieb einst Franz Werfel: »Ob Apoll oder Christus, ob Diana oder Maria, es sind wechselnde Namen für ein und dieselbe vom Menschen ewig gefühlte Vorhandenheit.« Das klingt passabel. Wie aber, wenn die Bilder und Namen von Diana oder Maria verblassen, wenn sie zu leeren Formeln, zu Wortgeklingel verkommen? Und wie, wenn sich jene »ewig gefühlte Vorhandenheit« einen neuen Rahmen suchen müßte, der jenseits dieser alten Bilder liegt?

Vielleicht fragst Du, liebe Dame, wieso ich damit ausgerechnet zu Dir komme. Und warum Lourdes? Nun, dies Lied verkündete der Jugend muntre Spiele: Ich vertraue auf unsere Vertrautheit... Und was den letzten Punkt angeht: Angesichts des Elends in der Welt scheint mir gerade Lourdes für gewisse Fragen ein nicht ganz ungeeigneter Ort.

Von dem sterbenden Religionsphilosophen Romano Guardini wird der Ausspruch überliefert, er, Guardini, wolle sich im Letzten Gericht nicht nur fragen lassen, sondern auch selber ein paar Fragen stellen – gewiß eine sehr berechtigte Absicht. Doch so lange, bis zum Jüngsten Tag, sollte man vielleicht nicht warten, sondern sich die Freiheit nehmen, schon jetzt und hier gewisse Fragen bei der zuständigen Stelle einzureichen...

Nimmst Du es mir übel, liebe Dame, wenn ich Dir darum gleich zu Anfang gestehe, daß es hier nur vorgeschobener Weise um Dich, Du Gnadenreiche, und um das von Dir so reich beschenkte Pyrenäenstädtchen geht? Ich hoffe, nein. Wie schon so oft zuvor wirst Du wieder einmal höflich ersucht, Mittlerdienste zu leisten, will sagen: einiges an jene himmlische Behörde zu bringen, zu der unsereinem eben doch der rechte Zugang fehlt.

Kurz und gut, ich habe vor, Dich in Deiner Grotte am Ufer des Gave zu besuchen. Keine Sorge übrigens, ich komme nicht als frömmelnder Pilger zu Dir; die salbungsvollen Töne wollen wir uns schenken und statt dessen miteinander reden, wie's uns ums Herz ist. Du stimmst doch zu? Gut. Soviel denn zum Entree. Unten, im Süden Frankreichs, werden wir das weitere bereden.

Herzlichst   Dein N. W.

Einleitung
Wir kommen!

Wie denn? Eine Pilgerreise nach Lourdes? Aber ist das nicht ein wenig »out«?, ein wenig, mit Respekt gefragt, am Geist der Zeit vorbeigepilgert? – In diesem Jahr, so ist denn auch von Pilgern zu hören, die zum wiederholten Mal die Reise zu dem Gnadenort am Fuß der Pyrenäen angetreten haben, hätten sich erheblich weniger Gläubige zu Unserer Lieben Frau von Lourdes aufgemacht als in den Jahren zuvor. Ob das wohl, fragen sie, am fehlenden Interesse der jungen Leute läge?

Aber so wenige, scheint mir, sind wir doch gar nicht. Runde 500 Menschen umfaßt unsere Pilgergruppe. Die Gesunden, Behinderten und Kranken reisen in einem Sonderzug der Bundesbahn, die Schwerkranken mit ihren Betreuern in Lazarettflugzeugen der Bundeswehr. Ein Arzt und mehrere Priester, darunter ein Bischof, leisten physischen und seelischen Beistand.

Was suchen die Menschen im Wallfahrtsort Lourdes? Was drängt gerade die Kranken zu dieser für sie so beschwerlichen Reise zur Schönen Dame der Bernadette Soubirous? – Erinnern wir uns:

»Das erste Mal, als ich zur Grotte ging, war am Donnerstag, den 11. Februar 1858. Mit zwei anderen Mädchen war ich zum Ufer des Gave gegangen, um dort Brennholz zu sammeln… Da hörte ich ein Geräusch, das wie ein Windstoß war… Ich hob den Kopf zur Grotte hin. Da sah ich eine weißgekleidete Dame. Sie trug ein weißes Kleid, einen blauen Gürtel und eine gelbe Rose in der Farbe ihres Rosenkranzes auf jedem Fuß. Die Perlen ihres Rosenkranzes waren weiß...«

So beginnt der Bericht Bernadettes über ihre Erlebnisse in der Grotte Massabielle am Ufer des Gave. Noch 17 Mal traf die vierzehnjährige Tochter eines verkrachten und in ärmlichen Verhältnissen lebenden Müllers mit ihrer Dame zusammen und fiel in ekstatische Verzückung ob deren überirdischer Schönheit. Der Bildhauer Fabisch, Professor an der Schule der Schönen Künste in Lyon, hat die Erscheinung nach Bernadettes Angaben in carraischem Marmor nachgemeißelt. Da steht sie nun, die Allerlieblichste, in ihrem weißen Kleid mit blauem Gürtel und den gelben Rosen auf den bloßen Füßen. Die Seherin, von Fabisch befragt, ob er denn mit seiner Statue nahe ans Original herangekommen sei, antwortete, uns allen zum Trost:

»Ihre Madonna ist sehr schön, Monsieur. Aber *so* war es nicht!«

Es hat eine ganze Weile gedauert, ehe Bernadette erfahren hat, wer ihr denn da eigentlich in der Grotte die Ehre erwies. Nach dem Namen befragt, lächelte die Erscheinung nur. Schließlich aber bekannte sie im bigorrisch-südfranzösischen Dialekt:

»Qué soy éra Immaculada Councepcion.«
Zu deutsch:
»Ich bin die Unbefleckte Empfängnis.«

Drei Jahre zuvor hatte Papst Pius IX. in einer Enzyklika verkünden lassen, daß Maria »unbefleckt in ihrer Empfängnis« sei. Die Aussage der Schönen Dame in der Grotte Massabielle konnte mithin als so etwas wie eine Bestätigung der offiziellen Kirchenlehre gelten. Dennoch hatte der Pfarrer von Lourdes, Curé Peyramale, seine Zweifel. Die Heilige Jungfrau, so argumentierte er, könne so nicht reden, wenn sie von sich selber spreche. Denn sie sei nicht ihre eigene Empfängnis…

Aber hatte nicht auch Jesus von sich gesagt, er sei »der Weg, die Wahrheit und das Leben«? Als Stilfigur mochte man die Aussage der Dame immerhin gelten lassen. Und doch war Le Curé, obgleich bald bekehrt, einer der ersten in der langen und noch längst nicht abgeschlossenen Reihe von Zweiflern am Geschehen von Massabielle. Man hat die kleine Bernadette eine Betrügerin gescholten, ein pubertierendes, geltungssüchtiges Mädchen oder eine Hysterikerin. Dennoch kommen, seit der Wind um Massabielle braust, die Menschen wie eh und je in Scharen vor die Grotte, strömen herbei aus allen Winkeln der Erde, um die Wunder jener vergangenen Tage nachzuerleben. Ein paar Zahlen gefällig? Gewiß, Zahlen erklären nicht die Sache, um die es hier geht. Doch sie zeigen die Faszination, die noch immer von Lourdes auf katholische (aber nicht nur katholische!) Christen ausgeht.

Über fünf Millionen Menschen aus 150 Ländern kommen jährlich als Besucher oder Pilger in die kleine Stadt, die selbst nur um die 18000 Einwohner zählt. Sie reisen (allen Berichten über Kirchenaustritte zum Trotz) mit steigender Tendenz in kleinen Gruppen oder großen Pilgerzügen, begleitet von 2500

Pilgerärzten, die sich um Kranke und Schwerkranke (etwa 70 000) kümmern. Ihre meisten Fans hat die Lourder Dame natürlich in Frankreich. Nach Italien und Belgien liegt die Zahl der Besucher und Pilger aus dem deutschsprachigen Raum an vierter Stelle. Hauptreisezeit ist für Europäer der Sommer. Menschen aus Japan, Korea, Süd-Amerika oder Australien besuchen Lourdes vorzugsweise zwischen Herbst und Frühjahr.

Das Unterkunftsverzeichnis listet 400 Hotels mit 35 000 Betten, nicht gerechnet Unterkünfte wie das »Accueil (= Aufnahme) Notre Dame«, das jährlich um die 30 000 Kranke beherbergt. Es gibt Jugend-, Militärwallfahrten, letztere auf Initiative eines deutschen und französischen Priesters: um die 25 000 Soldaten aus 25 Ländern kamen allein 1994 nach Lourdes, um (wie es im Mitteilungsblatt des Deutschen Lourdes-Vereins, den »Lourdes Rosen«, heißt) »einem Treffen der Brüderlichkeit und Freundschaft, der Stille und des Gebets beiwohnen zu können«.

Dort, in den »Lourdes Rosen«, die sich auf Informationen aus dem in Lourdes erscheinenden »Lourdes-Magazin« berufen, werden noch weitere Zahlen genannt, etwa zu den Jugendlichen insgesamt, die den Wallfahrtsort jährlich besuchen (es sind um die 300000), oder über die Benutzer der Tauchbecken nahe der Grotte (etwa 400000 Menschen) – wobei ausdrücklich betont wird, daß die Zahlen steigen. Es gibt, so wird versichert, einen repräsentativen Querschnitt durch alle Bevölkerungskreise. Und dies auch altersmäßig. Der Eindruck meiner Reisegefährten, daß sich neuerdings »erheblich weniger Gläubige« auf den Weg nach Lourdes machten, scheint angesichts dieser Informationen den Fakten nicht gerecht zu werden. Die Wallfahrt boomt; Lourdes als Wallfahrtsort lebt, ist quicklebendig. Wo sonst auf der Welt (ausgenommen in Rom, Jerusalem oder Mekka) kommen Jahr für Jahr so viele Menschen, so viele Nationen zu einem gemeinsamen Bekenntnis zusammen: dem Bekenntnis ihres Glaubens?

*

Die Reiseleitung hat uns, Ordnung muß sein, nach Männlein und Weiblein getrennt in verschiedenen Kupees untergebracht. Was nicht unvernünftig ist. Denn die Abteile sind Liegeabteile – auf jeder Seite gibt es drei Schlafplätze übereinander, die Liegen werden abends einfach heruntergeklappt.

So bin ich denn über Stunden ausschließlich mit Männern zusammen. Mir zur Linken sitzt ein kleiner Herr, frühes Mittelalter, Typ Astheniker, mager, flachbrüstig, mit dünnen Armen und zarten Händen, dazu dunkles, schütteres Haar, das ihm in dünnen Strähnen um die Ohren hängt.

Warum pilgert er nach Lourdes? Sucht er Heilung von einem Gebrechen? Das Leben, man sieht es ihm an, hat es nicht gut mit ihm gemeint. Wenn er redet, was selten geschieht, kämpft er mit leiser, nur schwer vernehmbarer Stimme um Worte. Sein Gesicht hat etwas Maskenhaftes. Häufig treten Schweißperlen auf seine Stirn, die er mit einem bereitgehaltenen Tuch wegwischt. Dabei zittert leicht seine Hand.

Wir haben uns bekannt gemacht, und nun sitzt er, in sich zusammengesunken, in der Ecke an der Tür zum Gang und liest in einem Buch – Pär Lagerkvist: »Barabbas«... Vielleicht, denke ich, ist es *das*, was ihn auf Reisen schickt? Es gibt Leute, habe ich mir sagen lassen, die wallfahren nach Lourdes, weil ihre Glaubensgewißheit ins Wanken geraten ist und ihnen ihr Leben nun nichtig erscheint. Wenn irgendwo in der Welt, dann hier (meinen sie), fänden sich Gründe, den alten, schwindenden Glauben doch noch aufzuhalten und neu zu beleben. Womöglich geschieht ja vor der Grotte ein kleines Glaubenswunder? Wer weiß...

Übrigens bekommt der Mann (nennen wir ihn B.) gelegentlich Besuch von einem älteren, in unscheinbares Grau gekleideten Frauchen, seiner Mutter. Sie erscheint in unserem Abteil, um nach dem Sohn zu sehen. Immer ist es dasselbe liebevoll-hilflose Ritual:

Sie: »Bub, wie is'?«

Er: »Alles in Ordnung, Mamma. Alles klar...«

Die Mutter nickt und legt ihm für einen Augenblick die Hand auf den Kopf. Nachdem sie wieder gegangen ist, vertieft sich B. erneut in sein Buch. Niemand kann zu dieser Stunde ahnen, auf welch schlimme Weise diese Pilgerfahrt für unseren Reisegenossen enden wird.

Gleich nebenan ist ein Damenabteil, da geht es entschieden munterer zu. Durch die dünne Kupeewand dringt Gelächter und übertönt das Rattern der Räder. Was geht da vor? Es gibt dort, unter anderen, zwei Damen, beide in fortgeschrittenem Alter, die sich ihrer eigenen Diagnose zufolge durchaus »gesund und munter« fühlen. Sie kommen, die beiden, aus dem Rheingau, aus einem Winzerdorf nicht weit von Rüdesheim am Rhein. »Bei uns dahaam...«, sagen sie und geben »Stückelscher«, will sagen: Episoden aus der Heimat zum Besten. Mit ihrer Frohnatur unterhalten sie den halben Waggon, ihre Zungenfertigkeit feiert Triumphe: Mainz, wie es singt und lacht, läßt grüßen...

Doch sind sie wirklich so gesund, wie sie vorgeben zu sein? Die eine der beiden Damen schleppt beim Gehen den linken Fuß etwas hinter sich her, was sie aber weiter nicht zu stören scheint. Die andere dagegen sieht mit einem Auge, wie sie sagt, »ein bissi ins Erbsenfeld«, was heißen soll: Sie schielt ein wenig. Aber natürlich sind das, hier wie dort, nur kleine Gebrechen, weit entfernt von jenem Zustand, wo es mit allem Jux ein Ende hat. So pilgern denn die beiden (wie sicher auch viele andere im Zug) aus zweifachem Grund zu Unserer lieben Frau von Lourdes: Einmal und ganz allgemein, weil Reisen in so froher Runde immer ein Vergnügen ist. Zum andern aber läßt sich dieser Spaß im vorliegenden Fall mit vielen Demonstrationen des rechten Glaubens verknüpfen. Denn: »Gut katholisch sind wir schon, das walte Gott!«

Die Reiseleitung hat nicht nur für ein gesittetes Nebeneinander der Geschlechter gesorgt; sie stimmt auch ein auf das, was uns in Lourdes erwartet. Immer wieder ertönt aus dem Lautsprecher unter der Wagendecke die Stimme unserer geistlichen Betreuung und lädt uns ein zu gemeinsamem Gebet, zu Rosenkranz und frommen Liedern (»... siehe Pilgerbüchlein Seite...«).

In Gottes Namen fahren wir,
an dich allein, Herr, glauben wir.
Behüt uns vor des Teufels List,
der uns allzeit entgegen ist...

Zugegeben, das mit dem Teufel erfordert wohl mehr Glaubenskraft, als füglich zu verlangen ist. Wo leben wir denn? Draußen flitzt das moderne Frankreich vorbei, die Technik des 20. Jahrhunderts, sehr präsent in den Atomkraftwerken entlang der Rhone. Doch wer weiß, vielleicht sitzt der Teufel, an den wir nicht mehr glauben wollen, gerade hinter einem der Kühltürme und lacht sich ins Fäustchen.

18 Stunden dauert unsere Reise. Es geht durch das Tal der Rhone hinunter zum Mittelmeer, dann nach Toulouse und Tabres. Schließlich, nachdem aus Abend und Morgen ein neuer Tag geworden ist, erreichen wir nach runden dreizehnhundert Bahnkilometern unser Ziel.

Das Wetter meint es offenbar nicht gut mit uns. Schon in Toulouse hat es zu nieseln angefangen, dann goß es wie aus Kübeln, nieselte wieder, und nun, am Ziel, empfängt uns Lourdes mit Sprühregen und grauem Himmel über der Stadt und dem nahen Vorgebirge der Pyrenäen. Aber ist da nicht ein Loch in den Wolken? Und fallen da nicht ein paar Sonnenstrahlen ins trübe Gavetal? Ja, so ist's; einer zeigt es dem andern. Da! Das ist doch wie ein Zeichen des Himmels, wie ein Zeichen der Hoffnung... Oder?

Vielleicht. – Nun, dann auf mit Gott. Sieh Dich vor, heilige Jungfrau. Wir kommen!

ERSTES KAPITEL
Es war einmal…

Wir werden ihnen [den Menschen]
beweisen, daß Schwäche ihr Teil ist,
daß sie nur elende Kinder sind, daß
aber der Kinder Glück süßer ist als
jedes andere. Und sie werden beschei-
den werden und zu uns aufblicken
und sich in Furcht an uns schmiegen
wie die Küchlein an die Henne.

Dostojewskis Großinquisitor in:
»Die Brüder Karamasow«

Kein Wort im Evangelio ist mehr in
unseren Tagen befolgt worden als das:
»Werdet wie die Kinderlein.«

Lichtenberg: »Aphorismen«

1 Es war einmal… Dies ist die Geschichte der Bernadette Soubirous. Sie wurde schon tausendmal erzählt. Denen, die sie trotzdem noch nicht kennen, erzähle ich sie hier ein weiteres Mal. – Beginnen wir mit einem Blick auf Lourdes, auf das Städtchen am Gave um die Mitte des vorigen Jahrhunderts.

Zugegeben, es war nicht gerade ein Kaff, aber sehr viel mehr war es auch nicht. Kaum ein Mensch interessierte sich damals in Frankreich, schon gar nicht in der weiten Welt, um jenen Ort, der wie nur wenig andere Karriere machen sollte.

Lourdes? Wo lag das denn? War das nicht ein Nest in einem jener Departements am Rand der Pyrenäen, ein Marktflecken mit einer Burg auf einem Felsen, einem uralten Gemäuer, über das vielleicht ein paar Historiker etwas zu sagen wußten?… Im 8. Jahrhundert hatten dort schon einmal Araber gehaust. Wenig später soll sich dann ein Anführer der Sarazenen dem Großen Karl ergeben und die christliche Taufe empfangen haben. Der Mann, heißt es, habe damals den Namen »Lorus« angenommen, und seine Burg, jenes graue Gemäuer hoch oben auf dem Felsen, soll von da an »Lordum« genannt worden sein.

So entstand der Name Lourdes.

Doch wen interessierte das schon in jenen revolutionären Tagen des 19. Jahrhunderts? Frankreich, die Welt hatten andere Sorgen. Man sah nach Paris. 1848 hatte die Republikanische Partei nach einem Aufstand die Zweite Republik ausgerufen. Louis Philippe, König der Franzosen, hatte abdanken müssen, Arbeiter und Intellektuelle waren an seine Stelle getreten und hatten im Staat die Macht übernommen.

Doch das ging nicht lange gut. Wer etwas zu verlieren hatte an materiellen Gütern, an Grund und Boden, der zitterte im Gedanken an eine soziale Revolution – was zur Folge hatte, daß schon bald die alten Kräfte unter einem neuen Namen wieder auf dem Plan erschienen: Die »Partei der Ordnung« nahm sich des Staates an und krönte im Dezember 1852 einen Neffen Napoleon Bonapartes zum neuen Kaiser der Franzosen.

Damit herrschte für eine Weile Ruhe im Land; nach all den Straßenkämpfen, Arbeiteraufständen und republikanischen Massendemonstrationen schien Frankreich unter Napoleon III. zunächst einmal befriedet. Die politischen Parteien beugten sich einem Regime, das dem Land ganz offensichtlich wachsenden Wohlstand bescherte. Die industrielle Produktion, einst von England dominiert, verdoppelte sich in wenigen Jahren; die Kultur blühte auf, man diskutierte über Baudelaire, Flaubert und die beiden Dumas', Vater und Sohn. Und in den Provinzen erzählte man sich Wunderdinge über riesige Schiffe, die unter Dampf den Ozean überquerten.

Erst im Januar 1858 fiel ein Schatten auf die neue Herrlichkeit. Politische Wirrköpfe unternahmen ein Attentat auf das Kaiserpaar, als es an einem Abend die Oper betreten wollte. Zwei Soldaten und ein Pferd starben auf der Stelle, eine Kugel durchlöcherte den Hut Seiner Majestät. »Der Kaiser und die Kaiserin«, so wußte aber der Pariser »Moniteur« zu melden, »legten beide außerordentlich viel Mut und Kaltblütigkeit an den Tag.«

Über Wochen und Monate hinweg füllten Berichte

über die Untersuchung dieses Vorfalls und den Prozeß gegen die Attentäter die (auch ausländischen) Spalten der Presse. Eine Hexenjagd begann, in deren Verlauf 430 echte oder vermeintliche Republikaner in die Verbannung gehen mußten... *Das* waren die Themen der Zeit! Lourdes? Nein, kein Mensch, der nicht das Pech hatte, in diesem trüben Nest geboren oder ansässig zu sein, wäre auf den Gedanken verfallen, auch nur einen Blick nach dorthin zu verschwenden.

Doch dann geschah etwas, das zwar das Land in seinen Grundfesten nicht erschüttern sollte, das aber durchaus dazu gemacht war, den Blick für eine Weile (und auch länger) von der großen Welt ab- und der kleinen, so unbedeutend-provinziellen am Fuß der Pyrenäen, zuzuwenden.

Es war, wie schon gesagt, an jenem Donnerstag, dem 11. Februar 1858. Die Tochter eines Müllers, Bernadette mit Namen, war mit anderen Kindern hinunter zum Gavefluß gegangen, um dort, wie oft zuvor, in einem angrenzenden Wäldchen Holz zu sammeln. Etwas Sonderbares hatte sich dabei ereignet. In einer Grotte, die im Volk auch »Schweinehöhle« oder »Massabielle« (das heißt »alter Felsen«) genannt wurde, war dem Mädchen eine Gestalt erschienen, eine Dame, die offenbar aus besseren Kreisen stammte und durch ihre bloße Erscheinung Stadt und Land in helle Aufregung versetzte. Nicht nur das Leben des Kindes Bernadette hatte sich von dieser Stunde an auf ungeahnte Weise verändert; auch für den Marktflekken Lourdes war die Zeit seines Dahindämmerns, fernab des großen Weltgeschehens, mit einem Schlag unwiderruflich vorbei.

2 Gewiß, es wäre ungerecht zu sagen, daß sich die katholische Kirche jene wundersamen Ereignisse, über die auf den folgenden Seiten berichtet wird, mit Übereifer einzuverleiben versucht habe. Das Gegenteil ist richtig. Übereifrig war das wundersüchtige Volk, dem die Kirche schließlich seinen Willen ließ und seiner Wundersucht den Segen erteilte. Dann aber hat sie das Ruder in die Hand genommen und das Wasser, das da floß (im wahrsten Wortsinn floß), auf ihre Mühlen zu lenken gewußt. Wer wird ihr das im nachhinein verübeln wollen? Keine Großmacht der Erde (und groß und mächtig ist ja die katholische Kirche), die auf Machterhaltung, Machtentfaltung sinnt, ließe sich eine ähnliche Chance entgehen.

Was also war geschehen, damals, anno 1858? Etwas Märchenhaftes, über das man nur in der Art und Weise von »Es war einmal...« berichten kann? – Es ist wahr, die Geschichte von des armen Müllers Töchterlein hat alle Attribute eines Feenmärchens: Sie ist unglaublich, zauber-haft, wunder-bar. Nicht wenige halten sie darum tatsächlich für erdichtet. Was mich betrifft, so urteile ich nicht. Ich gebe hier nur wieder, was ich gehört, gelesen habe. Es ist Folgendes, kurzgefaßt:

Im Jahr 1843 gelobten sich in der Pfarrkirche von Lourdes zwei junge Leute, ehelich zusammenzuleben, bis daß der Tod sie scheide. Es waren dies der Müllersbursche François Soubirous und das Mädchen Louise Castérot. Neun Kinder gingen aus der Ehe hervor, nicht alle erreichten das Erwachsenenalter. Eines der Mädchen, das älteste, um das sich unsere Geschichte dreht, wurde am 7. Januar 1844 geboren und erhielt den Taufnamen Marie-Bernade, genannt Bernadette.

Vater Soubirous arbeitete zunächst als Pächter einer Mühle am Rand der Stadt. Leider tat er das nicht lange. Übergehen wir die Einzelheiten, sie sind unerfreulich. Soubirous mag ein braver Mann gewesen sein, ein Geschäftsmann war er nicht. Fest steht, daß er immer wieder versucht hat, als selbständiger Müller die Seinen über die Runden zu retten; doch ohne Erfolg. Schließlich landete die wohnungslos gewordene Familie in der Zelle des ehemaligen Bezirksgefängnisses, einem düsteren, stickigen Raum, fünf Meter lang, vier Meter breit, mit Steinboden und vergitterten Fenstern. Die Unterkunft war kostenlos. »Le cachot« hieß die Behausung im Volk, und nichts anderes als das war es auch: ein Loch.

Wer aber einmal so tief in ein »Loch« gefallen ist, kommt ohne fremde Hilfe nicht mehr heraus. Im Cachot herrschte Not. Eines der überlebenden Kinder, das Mädchen Bernadette, litt zu allem Unglück noch an Asthma, das es sich während einer Cholera-Epidemie im Jahr 1855 zugezogen hatte. Eine gute Seele nahm sich der Kleinen an und brachte sie für ein paar Monate auf's Land hinaus, nach Bartrès, nicht weit von Lourdes entfernt. Bernadette hütete dort für eine Weile die Schafe und kehrte danach wieder zu ihrer Familie ins »Loch« zurück.

Sie war jetzt 14 Jahre alt. Man schrieb das Jahr 1858.

Wie es im Märchen zuzugehen pflegt: Wenn es ganz düster ist, ganz hoffnungslos, dann kommt die gute Fee und wendet alles zum Guten... Eines Tages, an dem bewußten 11. Februar desselben Jahres gegen elf Uhr vormittags, ging Bernadette mit ihrer Schwester Marie und einem Nachbarsmädchen zum Gave hinunter. Was dann geschah, haben wir bereits mit Bernadettes eigenen Worten gehört: In einer Nische der Grotte Massabielle glaubte sie eine Gestalt zu erkennen, ein weibliches Wesen, gekleidet in ein weißes Gewand mit blauem Gürtel und einer »gelben Rose in der Farbe ihres Rosenkranzes auf jedem Fuß«.

Um das Erstaunen, die Faszination des Mädchens zu beschreiben, muß man ein Dichter sein. Franz Werfel war ein Dichter, und er hat für das, was da geschah, in seinem Roman »Das Lied von Bernadette« die passenden Worte gefunden:

»Das Tageslicht ist bleiern nach wie vor. Nur in der spitzbogenförmigen Nische des Grottenfelsens verweilt ein tiefer Glanz, als sei die altgoldene Neige stärkster Sonnenstrahlung dort zurückgeblieben. In dieser Neige eines wogenden Lichtes steht jemand, der wie aus der Tiefe der Welt gerade hier an den Tag getreten ist, nach einem langen, aber mühelosen und bequemen Weg. Dieser Jemand ist durchaus kein ungenaues Gespenst, kein durchsichtiges Luftgebild, keine veränderliche Traumvision, sondern eine sehr junge Dame, fein und zierlich, sichtbar aus Fleisch und Blut, eher klein als groß, denn sie steht gelassen und ohne anzustoßen in dem engen Oval der Nische... Ohne daß ihre Augen ermatten, ist Bernadette nur mehr Schauen. Das Leben aller anderen Sinne zieht sich zurück. Sie spürt die Steine nicht, auf denen sie kniet. Sie spürt die eisige Kälte nicht, die sie umweht. Eine warme, eine glückselige Schläfrigkeit umhüllt sie...«

Zwischen Februar und Juli 1858 trifft Bernadette noch siebzehnmal mit ihrer Dame zusammen, und wieder und wieder fällt sie in Ekstase ob der Schönheit dieser Lichtgestalt. Ein Bürger Lourdes' und Augenzeuge der Ereignisse, der Steuerbeamte Jean Estrade, schrieb in Erinnerung an jene Zeit:

»Bernadette kniete sich auf den Boden, nahm ihren Rosenkranz aus der Tasche und verneigte sich tief. All das tat sie in der größten Selbstverständlichkeit, wie es ein Kind in der Kirche tut. Während sie die ersten Perlen ihres Rosenkranzes durch die Finger gleiten ließ, blickte sie fragend zum Felsen empor.

Plötzlich, wie vom Blitz getroffen, machte sie eine Bewegung des Erstaunens und schien wie verwandelt. Ihre Augen leuchteten und wurden strahlend. Ein himmlisches Lächeln umspielte ihre Lippen. Etwas Unaussprechliches lag über ihrer ganzen Gestalt: Bernadette war nicht mehr sie selbst, sie schien in eine andere Welt entrückt.«

Es gibt noch andere Stimmen, und auch sie berichten über den Eindruck, den das Mädchen auf Besucher, auf erste Pilger, Gläubige wie Ungläubige, hinterließ. »Ich habe niemals etwas Schöneres gesehen«, so etwa schreibt der schon erwähnte Bildhauer Fabisch in einem Brief an seine Frau. »Ich hatte sie gefragt, wie die seligste Jungfrau aussah, als sie sagte: ›Ich bin die Unbefleckte Empfängnis‹. Sie erhob sich mit großer Einfachheit; sie faltete die Hände und erhob ihre Augen zum Himmel..., aber kein Fiesole, kein Perugio und kein Raffael haben jemals etwas so Liebliches gemalt, das gleichzeitig so tief und innerlich war wie der Blick dieses einfachen, kindlichen,

Bernadette Soubirous (Foto um 1860):
Von »glückseliger Schläfrigkeit umhüllt...«

schwer lungenleidenden Mädchens, das nicht im geringsten zu ahnen schien, daß es eine ganz besondere Gunst empfangen hat...«

Alles nur ein Märchen? – Ein gutes Dutzend Photographien zeigen des armen Müllers Töchterlein in ihrer Pyrenäentracht – fußlanger Rock, Schulter-, Kopftuch, Capulet... Da ist nur schwer etwas auszumachen von jenem »himmlischen Lächeln«, von jener Verzückung, die wieder und wieder so glaubhaft überliefert wurde. Denn hier, auf diesen Bildern, ist Bernadette nur als einfaches Bauernmädchen zu sehen. Ihr rundes Kindergesicht ist weder schön noch häßlich, eben ein Gesicht unter vielen. Da kniet sie auf dem Teppich im Fotoatelier oder auch vor der Grotte, die Hände gefaltet, den Blick nach oben gerichtet... Nur ungern war sie dem Photographen mit seinem neumodischen Bilderkasten zu Diensten. Den Kopf an ein Holzgestell gelehnt, mußte sie 20 bis 30 Minuten regungslos verharren, um ihr Konterfei unverwackelt auf die Platte zu bringen. Man hört da förmlich die Stimme des Meisters, wie er sein Objekt in Szene setzt: »Halt dich ruhig, ma petite... Jetzt knie dich mal hierhin, mal dorthin, nein, nicht so, sondern – –« Der Devotionalienhandel hat schon zu ihren Lebenstagen mit diesen Bildchen seine Geschäfte gemacht. Zwei Sous kostete das Stück, was Bernadette trocken kommentierte: »Mehr bin ich auch nicht wert.«

Nein, besonderen Eindruck macht die Kleine nicht, wie sie da steht oder kniet, eine Kerze oder den Rosenkranz zur Hand. Die Schöne Dame freilich scheint sie mit anderen Augen gesehen zu haben. Mit ausgesuchter Höflichkeit fragte sie das einfältige Ding: »Wollen Sie die Güte haben, vierzehn Tage lang hierher zu kommen?«

Und eine Zusage macht sie dann auch noch: »Ich verspreche, Sie zwar nicht in dieser Welt, aber in der anderen glücklich zu machen.«

Während einer der Erscheinungen wird Bernadette aufgefordert, sich in einer Quelle zu waschen und daraus zu trinken. In welcher Quelle denn? In der Grotte gab es keine Quelle. Doch gehorsam buddelt die Kleine mit ihren bloßen Händen eine Kuhle in den Boden. Und siehe, seitdem fließt Wasser in Massabielle.

Bernadette vor der Grotte Massabielle (nachgestelltes Bild von 1864): »Wollen Sie die Güte haben...?«

3 In der Lourder rue de l'Egalité gibt es das »Musée de Lourdes«. Lebensgroße Puppen, verkleidet als Schmiede, Wagner, Müller, Schäfer, Bäcker usw., zeigen dort in passendem Ambiente, wie Menschen vor 150 Jahren (also zur Zeit der Familie Soubirous) in Lourdes gelebt und gearbeitet haben.

Vor den Augen und Ohren der Besucher wird im nachgestellten Städtchen (im Geburtsjahr Bernadettes zählte es nur 4155 Einwohner und 459 Häuser) die Welt von gestern wiedererweckt – sehr anschaulich, sehr bunt: Disneyland läßt grüßen. Es hämmert und sägt und mahlt und rauscht und muht und kräht... Als Krönung des ganzen Spektakels wird vor dem Ausgang des Museums die Grotte gezeigt – die Grotte Massabielle mit Bernadette auf den Knien, den Rosenkranz zur Hand und mit fromm erhobenem Blick. Über ihr, in einem Oval des Felsens, erscheint in gleißendem Licht die allerseligste Jungfrau. Pavarotti schmachtet dazu ein Ave Maria, und über allem funkeln die ewigen Sterne...

Gewiß, das alles ist zum Steinerweichen schön. Auch wenn die Fakten nicht ganz stimmen. Denn die Erscheinungen fanden natürlich am hellichten Tag statt; ein Mädchen aus anständigem Hause trieb sich nicht des Nachts in der Gegend umher, schon gar nicht in abgelegenen Höhlen. Aber so ein Sternenhimmel, darin haben die Museumsleute unzweifelhaft recht, hat schon sein eigenes Flair und paßt zu unserer Geschichte sehr viel besser...

Wie ist es mit dieser Geschichte nun weitergegangen, mit Bernadette und ihrer lieblichen Dame? Glaubte man dem Mädchen, daß es sah, was es zu sehen vorgab? Natürlich glaubte man ihm nicht. Die Eltern waren empört, wohl auch beschämt ob der Extravaganzen ihrer Tochter. Vater und Mutter Soubirous (zeitgenössische Bilder zeigen die Müllersleute im Sonntagsstaat: sie mit Kopf- und Schultertuch, er mit Baskenmütze und Fliege) verboten den weiteren Besuch der »Schweinehöhle« – freilich ohne Erfolg. Und die Bevölkerung? Die lokalen Behörden? Auch dort ging es pro und contra, wie nicht anders zu erwarten, wobei das Contra, auf Dauer gesehen, den Kürzeren zog. Der schon erwähnte Estrade überliefert auch hierzu ein anschauliches Bild.

»In Lourdes«, schreibt er, »gab es zur damaligen Zeit einen Kreis, in dem sich angesehene Bürger der Stadt von Zeit zu Zeit trafen... Anfangs waren wir übereinstimmend der Meinung, die ganze Sache scharf ablehnen zu müssen. Alles, was uns über die Vorgänge an der Grotte berichtet wurde, kam uns nichtig, kindisch und lächerlich vor... Zusammenfassend kann ich sagen: Vom ersten Augenblick der Erscheinungen an war die einfache Bevölkerung von Lourdes von dem übernatürlichen Charakter der Erscheinungen an der Grotte überzeugt. Die gebildeten Schichten waren schwerer zu überzeugen. Sie standen einander scharf abgegrenzt gegenüber: diejenigen, die selbst bei den Erscheinungen zugegen waren und sich gläubig beugten, und jene, die es ablehnten, sich an die Grotte zu begeben, und in ihrer Verstocktheit verharrten. Letztere, es waren etwa dreißig, verbohrten sich im Laufe der Zeit immer mehr in ihre Gedankengänge. Sie wollten nichts von dem Ganzen wissen, bis die Wunder und sonstigen

Wohltaten, die sich durch die Mittlerschaft der Gottesmutter in Lourdes vollzogen, auch sie gläubig in die Knie sinken ließen.«

Soweit Estrade. Am Ort des Geschehens schien sich also die Waagschale mehr nach Seiten der »Dame« zu neigen – was nicht besagt, daß schon bald ganz Lourdes gläubig in die Knie gesunken wäre. Ganz anders sah es draußen im weiten Land aus. Ganz Frankreich, und bald auch schon das Ausland nahmen an den Ereignissen in jenem abgelegenen Provinzort Anteil. Die Presse, eifrig bemüht, Öl in das Feuer zu gießen, entfachte landesweit einen Wirbel um Glaube und Aberglaube, wobei sie Häme, Spott und überhebliches Gebaren nicht scheute. In einem Pariser Boulevardblatt etwa konnte man lesen: »Die kleine Komödiantin von Lourdes verstand es, am Morgen des 1. März etwa 2500 Dummköpfe an den Felsen von Massabielle zu locken. Die Dummheit dieser Menschen ist einfach unbegreiflich. Raffiniert versteht sie es, diese an der Nase herumzuführen und ihren Mummenschanz mit ihnen zu treiben. An diesem Morgen aber erreichte das Drama seinen Höhepunkt: Die Zauberin spielte sich geschickt als ›Begnadete‹ auf, fungierte als Priesterin, forderte kraft ihrer Autorität die Volksmenge auf, ihre Rosenkränze in die Höhe zu halten, und erteilte den Segen...«

Eine alte Geschichte: Je weiter entfernt vom Ort des Geschehens, um so unbedenklicher die Kolportage. Das mit dem Segnen der Rosenkränze war nachweislich erfunden. Tatsächlich aber strömten die Massen bald zu Tausenden nach Lourdes. Der Wunsch der Dame, den sie während ihrer Erscheinungen wiederholt geäußert hatte, man möge hier an der Grotte »eine Kapelle errichten« und »in Prozessionen kommen«, ging, den letzten Punkt betreffend, nur allzu bald in Erfüllung. Zunächst waren es nur wenige Nachbarn gewesen, die Bernadette zur Grotte begleitet hatten. Mitte Februar mochten es dann schon um die 2000 Menschen sein, die nach Massabielle strömten. Und Wochen später waren es dann 20 000, die aus allen Landesteilen am Ufer des Gave zusammenkamen und sich vor dem Höhleneingang zum Gebet versammelten.

Natürlich stand den lokalen Behörden durch diese Entwicklung der Dinge unvermuteter Ärger ins Haus. Wie, gütige Jungfrau, war der Andrang all dieser Menschen zu zügeln? Vor allem aber: Machte man sich mit dieser unseligen Grottengeschichte nicht lächerlich vor aller Welt?

Ermutigt durch einen Klerus, der seinerseits der Sache mehr als skeptisch gegenüberstand, nahm man Bernadette ins Gebet, zitierte sie vor den Untersuchungsrichter und versuchte, sie in Widersprüche zu verwickeln, sie aufs Glatteis zu führen und als Lügnerin zu enttarnen. Zweimal wurde sie verhört. Das erste Mal von einem Kommissar namens Jacomet im Polizeikommissariat. Das zweite Mal von einem Justizbeamten, dem kaiserlichen Staatsanwalt Dutour. Doch umsonst, das »lumpige Mädchen« (Jacomet) blieb dabei, »jemanden in der Gestalt eines kleinen Fräuleins« gesehen zu haben. Schließlich platzt der Hohen Obrigkeit der Kragen. »Die Komödie«, schnauzt Jacomet, »muß ein Ende nehmen!« Er fordert von Bernadette eine Erklärung, »daß die Erzählung von der Grotte nur eine vorbereitete Geschichte« sei. »Du bist ein liederliches Frauenzimmer! Du hofftest mich zu täuschen, wie du das Weibervolk deines Stadtteils getäuscht hast. Du bist zu dumm dazu... Ich lasse die Gendarmen holen. Mach dich bereit, ins Gefängnis zu gehen!«

Glücklicherweise ging Bernadette nicht ins Gefängnis; davor bewahrten sie die aufrichtige Schlichtheit ihres Naturells sowie die Sympathie des Volkes, die der Staatsgewalt brachial entgegentrat (während beider Verhöre versuchte man, die Türen zu den Verhandlungsräumen aufzubrechen und den Vernehmungen ein gewaltsames Ende zu bereiten). Vielleicht auch, wer weiß, bewahrte ihre »schöne Dame« Bernadette vor der Haftanstalt. Doch, wie auch immer, Furcht kannte sie offenbar keine. Warum auch? Sie sagte ja nur, davon war sie überzeugt, »die Wahrheit«. Was konnte ihr also geschehen?

»Es gab etwas in mir«, notierte Bernadette später, »das mich alles überwinden ließ. Von allen Seiten hat man mich angegriffen, aber es hat mir nichts ausgemacht, ich hatte keine Angst.« Sogar ein wenig Spott hat sie für den giftenden Jacomet noch aufbringen können. Am Ende der Befragung durch den Kommissar stellte sie lachend fest: »Er hat vor Zorn gezittert. Die Quaste seines Käppchens hat ›tin-tin‹ gemacht...«

Wahr ist indes, daß es mit den Daten bezüglich der Ereignisse in der Grotte, wann denn was genau geschah, im nachhinein auch bei ihr selbst ein wenig durcheinandergeriet. Sogar der genaue Tag, an dem die Quelle zu fließen begann, liegt nicht eindeutig fest – es geschah irgendwann zwischen dem 22. und 27. Februar. Aber diese Ungenauigkeit beschäftigt wohl nur die Historiker. Für die gläubige Welt, Lourdes-Pilger vor allem, zählt etwas anderes und viel Entscheidenderes: Die Wasserader, der Bernadette mit ihren Händen ans Tageslicht verhalf, fließt nicht nur, sie heilt auch – manchmal. Doch das ist eine andere Geschichte, wir kommen später darauf zurück.

Was bleibt uns jetzt und hier noch zu erzählen? Es ist in Kürze dies:

Die Heldin unserer Erzählung, Marie Bernade Soubirous, genannt Bernadette, und ihre Schöne Dame siegten auf der ganzen Linie. Die Dame bekam ihre »Kapelle« (und mehr als das) und machte dafür Lourdes zu einem (wie es sich heute selbst beschreibt) »Ort wie keinem anderen«, zu einer »Hauptstadt des Gebets«, in der »die Seelen laufen lernen« und in die die Gläubigen in Scharen strömen und sich wie Kinder ihrer »Mutter« anvertrauen.

Dich als Mutter zeige,
o Maria hilf!
Gnädig dich uns neige,
o Maria hilf! ...

Bernadette aber, das »lumpige Mädchen«, wurde 1933 in Rom »zur Ehre der Altäre erhoben«, will sagen: heilig gesprochen. Die Jahre ab 1866 bis zu ihrem frühen Tod anno 1879 hat sie als Nonne im Kloster der Schwesternkongregation von Nevers zugebracht. Es war dies eine harte Zeit für sie gewesen; sie litt unter einer schmerzhaften Knochentuberkulose, und immer wieder waren ihre Aussagen über die Erscheinungen in der Grotte Massabielle auch von kirchlicher Seite in Zweifel gezogen worden. Wieder und wieder wurde sie befragt, verhört. Doch sie stand zu ihren Worten: »Ich habe sie gesehen!«

Als sie gestorben war und man dreißig Jahre nach ihrem Tod das Grab öffnete, fand man ihren Leichnam zwar nicht unversehrt (wie gelegentlich behauptet wird), aber doch so gut erhalten, daß man Hände und Gesicht mit einer Wachsschicht überdecken konnte. Seitdem ruht sie aufgebahrt in einem gläsernen Sarg im Chor der Klosterkirche Saint-Gildard in Nevers.

Es ist ein anrührendes Bild: Da liegt die kleine Müllerstochter, verkleidet als Nonne, den Kopf leicht zur Seite geneigt – liegt da mit friedlich gefalteten Händen, scheinbar nur schlummernd wie eine Märchenprinzessin, die auf ihren Prinzen, auf den Kuß der Erlösung wartet... Aber hatte Bernadette nicht schon alle Seligkeit auf Erden gekostet? Es scheint so gewesen zu sein: »Die Grotte«, pflegte sie zu sagen, »war mein Himmel!«

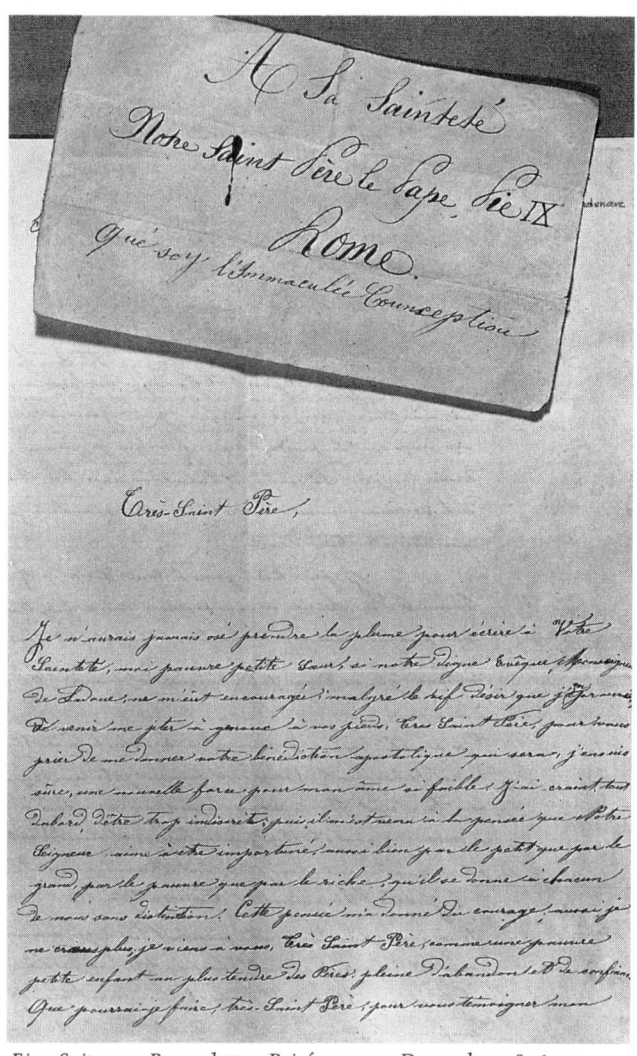

Eine Seite aus Bernadettes Brief vom 17. Dezember 1876 an
Papst Pius IX.: »Ich habe sie gesehen!«

ZWEITES KAPITEL
Ave Maria

Ich kann mir eine Zeit denken,
welcher unsere religiösen Begriffe so
sonderbar vorkommen werden als der
unsrigen der Rittergeist.

Lichtenberg: »Aphorismen«

4 Gottlob, es hat zu nieseln aufgehört. Am südlichen Stadtrand hängen zwar noch immer ein paar graue Wolken, aber der Himmel über unseren Köpfen ist klar, die Sonne scheint. Das »Zeichen des Himmels« bei unserer Ankunft hat sein Versprechen eingelöst.

500 Menschen hat unser Zug von jenseits der Grenze nach Lourdes befördert. Und 500 Menschen rollen nun in Bussen vom Bahnhof zu einigen jener 400 Hotels, die nicht allzu weit entfernt vom religiösen Zentrum Lourdes', der Grotte, liegen, aber auch nicht allzu weit vom Zentrum der Stadt mit ihrer weltlichen Betriebsamkeit, vor allem dem Kommerz.

Willkommen in Lourdes! Vom Turm der Oberen Basilika tönt uns ein »Ave Maria« entgegen:

Die Glocken verkünden
mit fröhlichem Laut
Das Ave Maria
so lieb und so traut...

Dieses Lied ist sozusagen die Hymne von Lourdes. Es erzählt in 60 Strophen (sie alle enden mit dem Kehrreim »Ave, Ave, Ave Maria«) die wundersame Geschichte der Bernadette Soubirous. Während der täglichen Lichterprozession singen es die Gläubigen bei ihrem Rundgang durch den sogenannten Heiligen Bezirk. Auch wir, kein Zweifel, werden zu gegebener Stunde Gelegenheit finden, es von A bis Z zu intonieren.

Denn Lourdes-Pilger (wie Pilger überhaupt) sind ja keine Touristen – oder doch Touristen der besonderen Art. Das Bedürfnis, zu heiligen Stätten zu wallen, ist uralt; schon in der Antike und in den frühen Tagen des Christentums pilgerten die Menschen – tausend Gefahren nicht scheuend – von weither nach Jerusalem zu den Leidensstationen Jesu, oder an die Gräber der Apostel Petrus, Paulus und Jakobus in Jerusalem, Rom und Santiago de Compostela.

Der Keim der Marienwallfahrt liegt im Heiligen Land, wo schon bald nach der Zeitenwende, im 3. und 4. Jahrhundert, Gegenstände aus dem Haushalt der Maria oder auch ihr angeblicher Sterbeort am Fuß des Ölbergs Verehrung fanden. Etwas später folgte der Kult um bildliche Darstellungen (so verehrte man in Byzanz ein, wie man glaubte, vom Evangelisten Lukas gemaltes Bild der Heiligen Jungfrau). Nach der Jahrtausendwende erlebte dann die Marienverehrung in Form von Reliquien- oder Kultbildwallfahrten einen ersten Höhepunkt: Dem Bedürfnis des Menschen, das Unfaßbare, Unsichtbare mit Händen zu greifen, es mit Augen zu sehen, wurde in den christianisierten Landen Rechnung getragen: kaum ein Landstrich ohne einen »Gnadenort«, wo man zur »Schmerzhaften Mutter« beten und um Trost und Hilfe für sein Leiden bitten konnte. Die Aufklärer des 17. und 18. Jahrhunderts drängten diesen Kult um Maria zwar ein wenig zurück (sogar katholische Kirchenfürsten meinten den »wahren Christusglauben« vor dem um sich greifenden Marienkult wahren zu müssen). Aber schon mit Beginn des 19. Jahrhunderts ging es dann wieder aufwärts mit der allerseligsten Jungfrau. Gerade Wallfahrtsorte wie Lourdes (erster Nationaler Pilgerzug: 1872) haben zu dieser Entwicklung mehr als nur ein Schärflein beigetragen. Aus freien Stücken unterwarfen sich die Gläubigen dort einem Ritus, in dessen Verlauf sie für mehrere Stunden täglich (ich zitiere aus einem aktuellen »Pilgerprogramm«:) »an geeigneter Stätte Kraft und Trost, Frieden und Versöhnung (zu) erfahren« hofften.

So besuchen denn auch wir gleich am ersten Tag einen Gottesdienst im Heiligen Bezirk nahe des Gave. Der Gave ist hier ein kanalisierter, nicht sehr breiter, aber stark strömender Gebirgsfluß, an dessen Ufer unweit der Grotte mehrere Kirchen stehen. Drei vor allen anderen fallen ins Auge, denn sie sind nicht hinter-, sondern übereinander gebaut: unten, zu ebener Erde, die Rosenkranzbasilika, darüber eine Krypta und, eine weitere Etage höher auf dem Felsen Massabielle, die sogenannte Obere Basilika.

Das von uns besuchte Gotteshaus fällt indes *nicht* ins Auge, ist aber dennoch etwas sehr besonderes: eine unterirdische Basilika, geweiht dem heilig gesprochenen Papst Pius X., ein Bau von riesigen Dimensionen und preisgekrönter Architektur, der nichtsdestoweniger an einen mit Kirchenbänken zugestellten Autoabstellplatz erinnert. Freilich war das Bauwerk (eingeweiht 1958 durch Kardinal Roncalli, den späteren Papst Johannes XXIII.) zunächst auch nicht als Kirche oder Kathedrale im herkömmlichen Sinn gedacht; es sollte lediglich ein »Unterstand«, eine einfache Gebetsstätte für die Masse der Pilger werden. Ihre Architekten waren bemüht, christliche Tugenden wie Bescheidenheit, Armut und Reinheit sozusagen in Beton zu gießen und damit der sakralen Zuckergußarchitektur des 19. Jahrhunderts, wie sie gerade in Lourdes ihre schönsten Blüten trieb, ein sichtbares Contra entgegenzusetzen. Sicher ein löblicher Vorsatz (schon die

Baumeister der Romanik hatten ja mit viel Erfolg dem Ideal der Einfachheit gehuldigt). Und doch, ohne dem Augenschmaus in religiösen Dingen das Wort zu reden: Jahrtausende haben sich bei der Gestaltung ihrer Tempel, Kirchen und Dome zu übertreffen gesucht und Glanzlichter der Architektur geschaffen. Dann aber kam das 20. Jahrhundert. Was geschah? Voilá! Es baute eine Tiefgarage – und baute sie nicht nur, es prämierte sie auch noch. – O Maria hilf!

25 000 Menschen (in Worten: fünfundzwanzigtausend!) finden in diesem monströsen »Unterstand« Platz. In aller Frühe machen wir uns dorthin auf den Weg. »Heil und Sieg, fette Beute!« ermuntert unser Bischof seine Schäfchen. »Jetzt wollen *wir* mal das Gotteshaus besetzen!« Das tun wir dann auch, zusammen mit einigen tausend anderen Pilgern, die anläßlich einer internationalen Messe in die Kirche strömen.

Eine andachtsvolle, wohltemperierte Feierlichkeit läßt die kalte Betonkulisse schnell vergessen. Kein Zweifel, der Katholizismus versteht es aus dem Effeff, seine Konfession in Szene zu setzen. Dreihundert Priester aus allen Ecken der Erde walten an diesem Morgen ihres Amtes. Aus den Weihrauchfässern steigen dichte Nebelschwaden und ziehen über die Köpfe der Betenden hinweg. Aber Weihrauch duftet nicht nur, er benebelt auch. Und steht da nicht geschrieben: Seid nüchtern und wachsam? Doch gemach. Um der Glaubenskraft Flügel zu verleihen, mag wohl ein wenig Gepränge und Nebel erlaubt sein...

Wie eine warme Decke umhüllt dieser römische Ritus die Gemüter der Gläubigen, um sie, für eine

Weile wenigstens, vor der Kälte dieser Welt zu beschirmen. Tausendstimmiger vielsprachiger Gesang durchdröhnt das weite Rund der Unterirdischen Basilika. »Großer Gott, wir loben Dich, Herr, wir preisen Deine Stärke...« Gerade hier in Lourdes entwickelt dieser Hymnus während der internationalen Messen eine unvergleichliche Wirkung. Erst jetzt und hier, so scheint es, erleben marienverehrende Pilger, was es bedeutet, einer lebendigen »Gemeinschaft der Gläubigen« anzugehören. Viele von ihnen, so wird versichert, machen sich allein aus diesem Grund auf die Reise zur Schönen Dame von Massabielle. Es ist, als wollten sie in Lourdes mit einer einzigen, das All durchdringenden Stimme den Himmel zwingen, von ihrer Existenz, von ihren Leiden Kenntnis zu nehmen.

Freilich, bei genauerer Betrachtung erinnern solche Preisgesänge an jene Lobhudeleien, mit denen man sich einst das Wohlwollen eines absolutistisch regierenden Herrschers zu erkaufen suchte. »Heil uns, der Zar ist da! Heil uns, Halleluja!« singt in Lorzings »Zar und Zimmermann« devot der Bürgermeister vor dem angeblichen Zaren. Das »Wohlauf, frohlocke!« aus dem »Messias« oder auch das alttestamentliche »Lobet den Herrn, der alles so herrlich regieret!« liegen da, ihrer textlichen Aussage nach, auf einer Ebene.

Alles, was Dich preisen kann,
Kerubim und Serafinen,
stimmen Dir ein Loblied an;
alle Engel, die Dir dienen,
rufen Dir stets ohne Ruh
»Heilig, heilig, heilig« zu...

Gewiß, es ist viel, zu viel verlangt, sich von dem Un-
vorstellbaren eine auch nur ungefähre Vorstellung zu
machen. Was Wunder, daß da die Bildersprache versagt, daß sich der Glaube in den Mitteln seiner Mani-
festation vergreift, in die Irre geht und die armen
himmlischen Sänger »ohne Ruh« ihr »heilig, heilig,
heilig« singen läßt...

*

Natürlich haben wir an diesem Morgen auch die
Grotte besucht – ich werde an anderer Stelle darauf
zu sprechen kommen. Jetzt geht es aber zuerst einmal
in kleiner Gruppe und befreit von religiösen Pflichten
ins Gewühl der Lourder Innenstadt.

Ins Gewühl? Lourdes erstickt an der erwiesenen
Gunst, ein »Ort wie kein anderer« zu sein. Noch
durch die engsten, winkeligsten, steilsten Gassen
schieben sich Menschenmassen, von PKW's und Rei-
sebussen gnadenlos zur Seite gedrängt. Von einer au-
tofreien Innenstadt ist immerhin die Rede, Pläne dafür liegen parat. Im Jahr 2000 sollen Innenstadt und
Heiliger Bezirk »modernisiert«, d. h. besucherfreund-
licher gestaltet sein.

Ein bißchen Rüdesheimer Drosselgasse im heiligen
Lourdes gefällig? Bitte sehr. Pilgersleute, vor allem die
liebe Jugend mit bunten Kappen, Strohhüten, Pudel-
mützen und knalligen Schals, quirlen fröhlich durch
die Stadt. Wir quirlen mit, durch Einkaufsstraßen, vorbei an Souvenirgeschäften und -ständen. In der Tat: Ave
Maria, gracia plena! Die Andenkenhändler machen ihren Schnitt. Über den unfrommen Rummel mit Devo-

tionalien fiel schon so manches lästernde Wort. Der Mensch, wie er einmal ist, ist ein Handel und Wandel treibendes Wesen, und wenn es sich ergibt, vermarktet er ungescheut ein anderes seiner Urbedürfnisse: den Glauben. Das ist nicht schön, aber es ist so.

Da gibt es die Grottengeschichte als Puzzle, und Bernadettes Konterfei prangt auf Zuckerdosen und Tellern. Auch vor Unserer Lieben Frau kennt der Handel kein Pardon. Heilige Jungfrau, wie hast du das verdient! Man modelt dich in Plastikflaschen und schraubt dir die Krone ab, um dein Inneres mit Quellwasser zu füllen... »Wenn wir's nächste Mal komme«, höre ich eine wohlbekannte, nunmehr über die Masse von Madonnen in allen Variationen bestürzte Stimme sagen (nämlich die jener Rheingauer Dame mit »Blick ins Erbsenfeld«), »habbe se die Mudder Gottes in Schoggelad gegosse...« Nicht auszuschließen, daß es so sein wird.

Sogar einige augenzwinkernde Jesusbilder entdecken wir in den Geschäften: Je nach Standort des Betrachters klappt der Gekreuzigte seinen Augendeckel auf und zu... O heilige Einfalt, o heiliger Reibach! Müßten brave Christenmenschen über solch pseudoreligiösem Schwachsinn nicht ihre christliche Langmut verlieren? Und die Kirche? Was sagt *sie* dazu? Gewiß, sie produziert nicht diese Dinge. Aber duldet sie sie nicht? Man stelle sich das Wutgeheul gläubiger Juden oder Muslime vor, wenn jemand auch nur auf den Gedanken verfiele, den Propheten – geschweige denn den Allerhöchsten! – so zu vermarkten, wie das Christen tun mit ihrem Gott.

Der Umstand, daß die Geschäftemacherei an den

Ufern des Gave keine Erfindung unserer Tage ist, ist nur ein bescheidener Trost; schon die Altvorderen haben den Andenkenhandel mit kritischen Augen betrachtet. Zahllose Kommentare zu diesem Thema werfen auf Lourdes als Ort der Vermarktung religiöser Gefühle ein nicht gerade freundliches Bild. Greifen wir eine Stimme heraus, die ihr Erstaunen über jenen frömmelnden Ungeist auf besonders eindrucksvolle Weise zu artikulieren verstand – die des Romancier Emile Zola.

Wie Franz Werfel (der sein »Lied von Bernadette« einen »Roman, aber keine Fiktion« genannt hat), so schrieb auch Zola ein Buch über das Geschehen an der Grotte Massabielle und dessen Folgen. Der französische Schriftsteller, um Jahrzehnte näher an den historischen Ereignissen als Werfel, schickt in seinem Roman »Lourdes« (1894) einen ganzen Zug mit Pilgern, Gesunden und Kranken hinunter in den Süden: Menschen voll der Hoffnung, daß aller heimlichen Zweifel zum Trotz am Ziel dieser Reise ein Wunder geschieht: das große Wunder der Heilung »unheilbarer« Leiden.

Anders als bei Werfel stehen bei Zola nicht Bernadette und der Widerhall, das Pro und Contra zum Erscheinungswunder im Zentrum des Geschehens. Bei ihm geht es um Wundersucht, überspannte Religiosität, um Rummel und Geschäfte. Er führt seinen Lesern den gegen Ende des 19. Jahrhunderts aufstrebenden Wallfahrtsort vor Augen, und was er dort dank einer grandiosen Beobachtungsgabe notiert, klingt über lange Passagen hinweg noch immer aktuell.

Wer Zolas Roman von 1894 liest, bewegt sich auch und zugleich durch das heutige Lourdes. Pierre, der

Held des Buches, wandert durch das Pyrenäenstädtchen, das schon lange aufgehört hat, jenes unschuldi-
ge Nest zu sein, das es noch zu Bernadettes Kinderta-
gen gewesen ist. Er erschrickt über die Betriebsamkeit, die skrupellose Art, mit der die Lourder
Geschäftswelt aus der Geschichte vom armen Müllerskind und seiner Schönen Dame Kapital zu schlagen versteht.

»Der Handel, der schamlose Handel«, heißt es im
Roman, »drängte sich an die Pilger bis zu den Zugän-
gen zur Grotte. Nicht genug, daß er sich sieghaft in
allen Krambuden einrichtete, von denen sich eine an
die andere zwängte, so daß sie jede Straße in einen
Basar verwandelten; er schwärmte auch auf dem Pfla-
ster herum, versperrte den Weg und fuhr auf Handkar-
ren seine Rosenkränze, Medaillen, Statuetten und
Heiligenbilder von Ecke zu Ecke. Überall wurde ge-
kauft, um von dieser heiligen Kirmes ein Andenken
mitzubringen...

Kilometerweit ging es so fort durch die Straßen der
ganzen Stadt, die ein Basar mit immer gleichen Arti-
keln geworden zu sein schien... Lourdes war von diesem Trödel, von diesem Plunder von Waren, über
deren Schönheit man weinen, von deren alberner Sen-
timentalität es einem übel werden konnte, über-
schwemmt, verwüstet und so verunstaltet, daß es
zartfühlende Personen, die sich in seinen Straßen ver-
irrt hatten, abstieß...«

Inzwischen hat sich der »schamlose Handel« mit
gewissen Produkten des Kunstgewerbes, Kitsch genannt, zumindest aus dem Heiligen Bezirk zurückgezogen; den Händlern bleibt für ihre »heilige Kirmes«

das weltliche Lourdes jenseits des hohen Eisengitters, das den profanen Stadtbereich von den sakralen Stätten trennt. Nur für den Kauf von Kerzen, die die Pilger erwerben, um sie zu Füßen der Gnadenreichen abzubrennen (morgens zwischen fünf und sechs kommt der technische Service und schaufelt die Wachsreste auf einen Transporter), gibt es noch Gelegenheit gleich neben der Grotte. Denn: »Ihre Kerze«, so belehrt ein Hinweis spendenfreudige Pilger, »ist ein Zeichen ihres Gebetes, eine Gabe für die Wallfahrtsstätte, eine Hilfe für die Kirche in der ganzen Welt...«

Es ist dämmrig geworden. Wir haben nicht nur die Stadt, sondern auch »Le cachot« besucht, das Loch, in dem die Soubirous ihr trauriges Familienleben fristeten. Nun führt uns der Weg zurück über den Pont Vieux, jene Brücke, über die schon Bernadette ging, um zu ihrer Grotte zu kommen. Hinter der Brücke biegen wir nach rechts in eine Straße ein und sind nach wenigen Minuten wieder im Heiligen Bezirk. Ein Lichtermeer empfängt uns. Tausende von Pilgern ziehen mit brennenden Kerzen zu Ehren der Madonna singend den Prozessionsweg entlang. Es ist ein eindrucksvolles, festliches Bild. An der Spitze des Zuges rollen in blauen dreirädrigen Wägelchen oder in ihren Rollstühlen die Kranken. Gewiß, hier weht ein anderer Geist als jener merkantile der Buden, Stände und Geschäfte, ein Geist, spürbar in den Augen, in den Gebeten, dem Gesang der Menschen.

»Ave, Ave, Ave Maria...«

Wie ist es möglich, daß dieses gewaltige Glaubensbekenntnis, dieses tausendfache Ave die Allerseligste aus ihrer hohen Sphäre nicht herunterzwingt, leiblich, sichtbar, wie zu Bernadettes Tagen, um sich der Gläubigen, dem Elend dieser Welt anzunehmen? Wer ist sie eigentlich, diese Maria, der das Vertrauen, die Zuneigung und Liebe so ungezählter Menschen gelten und die sich dennoch für ihre Gemeinde hinter dem Schleier der Transzendenz so hartnäckig verborgen hält? Oder ist es richtiger zu fragen: Wer *war* sie?

5 Seinem Gegenstand angemessen, wird dies ein kurzer Abschnitt werden. Mit einiger Wahrscheinlichkeit läßt sich auf die Frage, wer denn unsere Dame zur Zeit ihres Erdenwandels eigentlich und in Wahrheit gewesen ist, Folgendes sagen:

Maria, ansässig in Nazareth, einer Stadt im Galiläischen, war eine einfache Person aus dem Volk. Sie lebte um die Zeitenwende, war verheiratet mit einem Schreiner und

Ave Maria rein, zartes Jungfräulein
(Liederbuch 1750)

Mutter mehrerer Kinder.

Ihren Ältesten nannte sie Joshua, andere Söhne hießen (laut Markus 6,3) Jakobus, Joses, Judas und Simon. Von weiteren Kindern, etwa den von Markus erwähnten »Schwestern«, sind uns keine Namen überliefert. Die katholische Kirche vertritt indes den Standpunkt, daß es sich dabei nicht um Joshuas Geschwister, sondern um Verwandte gehandelt hat.

Von der Geburt ihres ersten Sohnes bis hin zu dessen Hinrichtung durch die römische Besatzungsmacht taucht in den Schriften des Neuen Testaments nur gelegentlich ihr Name auf. Mal ist sie die Mutter, die ihr Kind in Windeln wickelt, mal hört sie einer Predigt zu oder steht mit anderen Frauen und Freunden ihres Erstgeborenen unter dem Kreuz, an das man Joshua genagelt hat. In der Apostelgeschichte tritt Maria dann nur noch einmal in Erscheinung, wie stets als eine unter anderen Personen: »Diese alle (Anhänger ihres Sohnes) verharrten einmütig im Gebet mit den Frauen und Maria, der Mutter Jesu, und mit seinen Brüdern.« (Apostelgeschichte 1,14)

Viel zu sagen hat sie bei all diesen Auftritten nicht. Sie erscheint nur immer am Rande, was weiter nicht verwundert: Im Orient spielten (und spielen bis auf den heutigen Tag) Frauen nur eine beiläufige Rolle; die Welt, in der sie sich bewegen, ist eine Welt des Mannes. Ihm, dem Herrn, hatten sie Dienerin zu sein, darin erschöpfte sich ihr Dasein. Schon an der Tischordnung ließ sich während eines Gastmahls ihr gesellschaftlicher Rang erkennen: Wie Kinder, so saßen (besser: lagen) auch sie nicht mit den Männern »zu Tische«, sondern im Abseits.

Und im Abseits standen sie auch rechtlich. So durfte ein Mann mehrere Ehefrauen, eine Frau dagegen nur einen Ehemann haben. Scheiden lassen konnte *er* sich leicht (ein angebranntes Essen genügte, falls es ihm darum zu tun war, sich aus ehelichen Banden zu befreien); *sie* dagegen konnte nur in einem Fall auf Scheidung bestehen: dem des Ehebruchs.

Eine Unzahl religiöser Vorschriften bestimmte den Tagesablauf, die häusliche Arbeit. In Küche und Haus, bei der Kleidung und Körperpflege, beim Verhalten gegen Mann und Gesellschaft, bei der Kinderaufzucht, bei den Buß-, Fast-, Fest- und Gedenktagen sowie beim Betreten der Synagoge: Immer galt es, sehr konkret gefaßte Regeln zu beachten. Das mosaische Gesetz bestimmte nicht nur den Alltag der Männer, sondern den der Frauen in gleicher Weise.

Natürlich sind diese Dinge sattsam bekannt. Trotzdem scheint es nicht unangebracht, noch einmal an sie zu erinnern. Denn unter katholischen Christen wird ein Umstand leicht verdrängt, nämlich der, daß Maria *Jüdin* war.

»Die Katholiken«, heißt es schon bei Lichtenberg (1742–1799), »verbrannten ehmals die Juden und bedachten nicht, daß des lieben Gottes Mutter von der Nation war, und bedenken noch jetzt nicht, daß sie eine Jüdin anbeten.«

Auch Marias ältester Sohn, der sich (wie viele andere religiös gesinnte Männer seiner Zeit) zum Prediger berufen fühlte, hat offenbar nichts anderes in ihr gesehen als das »Weib«. »Weib, was habe ich mit dir zu schaffen!« entgegnet er ihr einmal, nicht eben liebevoll, als sie es wagt, anläßlich einer Hochzeit aus dem Hintergrund nach vorn zu treten und in die Handlung einzugreifen. Gehorsam tritt sie nach dieser Abfuhr dann auch wieder in die hintere Reihe zurück und überläßt dem Sohn, dem Manne, die Szene.

Was gibt es sonst noch über Maria (hebräisch: Mirjam) zu berichten? Nicht eben viel. Bevor ihr Ältester geboren wurde, soll ihr, den biblischen Quellen zufolge, der Engel des Herrn erschienen sein, um sie auf ihre Mutterschaft vorzubereiten, was sie mit den Worten quittiert: »Siehe, ich bin die Magd des Herrn, mir geschehe, wie du gesagt.« Aber diese Geschichte klingt denn doch zu sehr nach Legende; nehmen wir sie darum nicht zu wörtlich.

Weder über ihre Geburt, noch wann und wo sie starb, ist Genaueres bekannt geworden. Nur *wie* sie starb, glaubt man zu wissen: »Ihr Tod hatte... den Charakter einer Selbstverzehrung in der Glut der von Gott entzündeten Liebe«, heißt es mit Bestimmtheit in einem vierzehnbändigen, mit bischöflichem Segen auf den Weg gebrachten »Lexikon für Theologie und Kirche« (1957/67). Leider teilt uns dieses Lexikon die

Quelle seines Vorzugswissens nicht mit; man darf vermuten, daß sie, wie so manches andere, theologischer Tiefenbohrung (siehe unten) entsprungen ist. Doch greifen wir nicht vor.

Erwähnenswert wäre schließlich noch eine Passage aus den sogenannten Transitus-Apokryphen, die den Heimgang Marias liebevoll ausmalt: Da erscheint noch einmal der Engel des Herrn der alten Dame und kündet ihr nahes Ende an. In der Stunde ihres Todes aber kommt der vergöttlichte Sohn und umarmt die Mutter, während ein Engelchor mit seinen himmlischen Gesängen die Szene verklärt. Schließlich trägt der Seelenwäger und Drachenkämpfer Michael ihr Unsterbliches ins Paradies, um es dort, unter dem Baum des Lebens, mit dem abgestorbenen Leib aufs neue zu vereinen...

Damit ist denn auch alles gesagt, was sich mit einigem Recht über Maria, des Schreiners Weib, sagen läßt. All diese biblischen Texte, so befand ein Fachmann und eifriger Verfechter des Marienglaubens unserer Tage, der Theologe René Laurentin, »sind kurz, und wenn man sie nebeneinander schriebe, wäre man bald damit fertig.« In der Tat, so ist es; man ist bald damit fertig. Über die historische Maria läßt sich aus den Büchern des Neuen Testaments nur wenig entnehmen, vorausgesetzt, man ist bereit, diesem Wenigen ein Gran geschichtlicher Wahrheit zuzuerkennen.

Natürlich haben die gelehrten Gottesmänner durch die Jahrhunderte hindurch genau dies getan. Und nicht nur das. Sie haben die wenigen Zeilen über Joshuas Mutter nach allen Regeln ihrer Theologenkunst in die Mangel genommen, um herauszupressen, was herauszupressen war – oder auch nicht. Eben darum aber wird unsere Geschichte erst jetzt so richtig interessant. Denn erst jetzt erfahren wir, wie aus der Jüdin Mirjam eine frühe Christin, ja eine Königin des Himmels wurde, der man mit Zuneigung, mit Liebe begegnet und in kindlicher Verehrung Rosen streut:

O Maria, wir Lieb Kosen
Dir, als treue Kinder dein,
Mit den Weiß= und rothen Rosen,
Binden wir auch Gelbe ein…
(Abendgebet, 1744)

6 Wie gesagt, die Theologen traten auf den Plan und nahmen sich der Sache an – gründlich, wie sich versteht. Was auch nötig war. Denn ein Hauch von Heidentum umgab die Gestalt der Maria von Anfang an und forderte die *ratio theologica* auf das Entschiedenste heraus. Doch wie sehr man sich auch mühte, so recht verzogen hat sich dieser Hauch bis heute nicht.

Kaum daß sie auf den Plan getreten war, hatte es unsere Dame verstanden, sich mit Insignien und (Un-)Tugenden alter Gottheiten zu schmücken. Auf einer Mondsichel kam sie daher wie Diana, jene römische Mondgöttin und Beschützerin der Jungfräulichkeit. Auch als Meeresgöttin gebot sie Wind und Wellen: *O Meerstern, ich dich grüße...* Vor allem aber erregte sie als Idol der Fruchtbarkeit, kohlrabenschwarz und von zweifelhaftem Naturell, die Sinne der Menschen.

Noch bis ins 17. Jahrhundert hinein hat man im Süden Frankreichs zu Ehren von Schwarzen Madonnen orgiastische Feste gefeiert. Die Popularität dieser Dame war gewaltig – kein Wunder. Die heidnische Ahnfrau hatte immer mehr zu bieten als die »Mutter des Herrn«: Sie war schamlos und keusch, Hure und Heilige in einer Person. (In der Lourder Gemeindekirche Sacré-Cœur gibt es gleich zwei Schwarze Madonnen als Zeugnis der Verehrung aus früherer Zeit; die eine steht in einem Seitenflügel, die andere in der Krypta dieser Kirche, in der auch Bernadettes alter Pfarrer und späterer Bischof Peyramale [1811–1877] bestattet liegt.)

Die Wurzel der Faszination, die diese zuchtlose Gottheit auf die Massen ausgeübt hat, ist weit in der

Ausschnitt aus Dürers »Apokalypse«:
Mondgöttin Diana-Maria, Beschützerin der Jungfräulichkeit

Vergangenheit zu suchen. Schon Jeremias hat seine Israeliten verdammt, weil sie Herz und Sinn nicht an den gesichtslosen Jahwe, sondern an eine schwarze, pralle Fruchtbarkeitsgöttin, nämlich Astarte, verloren hatten. Salomo ließ diesem losen Weib sogar Altäre bauen und sang ihm sein Hohes Lied: »Siehe, ich bin schwarz, aber gar lieblich, ihr Töchter Jerusalems...«

Ihre wundersamen Heilkräfte, über die sie gleichermaßen verfügte, hat diese dunkelhäutige Frau aus dem Altertum in die Gegenwart herübergerettet; das zeigt ein Blick nach (beispielsweise) Lateinamerika, wo der Kult um die Schwarze Madonna die extremsten, die exzentrischsten Blüten treibt – dies übrigens ohne den Segen der katholischen Kirche. Nur an wenigen Orten, etwa in Polen, hat Rom diesen weiblichen Götzen offiziell als »Schwarze Muttergottes« zum Gegenstand christlicher Verehrung erhoben.

Was stünde dem auch entgegen? Nicht nur König Salomo, auch ein Heiliger der römischen Kirche ist in die Schwarze Dame geradezu vernarrt gewesen; es war Bernhard von Clairvaux. Als er einmal zu ihr betete, da, o Wunder, tropfte aus deren Brust die Milch in den Mund des heiligen Mannes (Psychologen, auch psychologisierende Theologen, haben sich darüber schon ihre Gedanken gemacht). Das hat dem Ansehen dieser Gottheit mächtigen Auftrieb verschafft. Den Kreuzfahrern des Mittelalters wurde sie zur Schutzpatronin; ihr Bild zog auf Fahnen mit in die Schlacht und kämpfte gegen die Heiden, gegen jene Welt also, der die Erhabene zumindest *eine* Wurzel ihrer Herkunft, ihres Ursprungs verdankt.

Man versteht, daß es nicht leicht gewesen war, aus der heidnisch-lüsternen Dame, die der braven Nazarenerin immer wieder in die Quere kam, eine keusche Gottesgebärerin zu machen. Doch wo ein Wille ist, ist auch ein Weg. Man konstruierte eine Lehre, die es bislang noch nicht gegeben hatte und für die man später einen eigenen Namen erfand: Mariologie.

Nun: Was diese Wissenschaft betrifft, / Es ist so schwer, den falschen Weg zu meiden, / Es liegt in ihr so viel verborgnes Gift, / Und von der Arzenei ist's kaum zu unterscheiden... Doch bleiben wir ernst.

Die Mariologie beruht auf der Annahme, nein, auf der »Glaubensgewißheit« einer real existierenden »Gottesmutter«. Ihr Ziel ist es, den Gläubigen biblische Berichte zu »verdeutlichen« und, in der Sprache der Theologen, »neu entdeckte Wahrheiten« zu verkünden. Ein gewaltiges theologisches, *mariologisches* Gebäude ragt da in den Himmel hinauf, uneingedenk des sandigen Bodens, auf dem man es errichtet hat. Stein für Stein hat man es in die Höhe gezogen, man leimte, verputzte die Fugen und verknüpfte, was nicht zusammenhalten wollte, mit einer eisernen Bindung aus Lehr- und Glaubenssätzen, genannt: Dogmen.

Schon die althergebrachte Theologie, soweit sie sich mit etwas anderem befaßt hatte als mit ihrer eigenen Geschichte, war ja nicht so sehr eine Wissenschaft im Sinn objektiver Erkenntnisgewinnung gewesen; vielmehr war sie von je nur die Hohe Kunst der Vermutung, will sagen: ein intellektueller Kraftakt, der darauf abzielt, aus einer bloßen Idee (der Idee von einem allmächtigen Wesen) geistlichen, materiellen und machtpolitischen Honig zu saugen. Und nun also die Mariologie! Störte es, daß diese sich nur auf die bescheidenen Aussagen berufen konnte, die in den alten Texten überliefert waren und mit denen man, wenn man sie aneinanderreihte, »bald fertig« war?

Es störte nicht. Das Alte Testament, für die gelehrten geistlichen Herren kein Buch mit sieben Siegeln, hatte in den Zeitläuften schon für so manches hergehalten. Warum, so mochte man fragen, nicht einmal auch zu Nutz und Frommen unserer Lieben Frau und deren Protektoren?

Man schlug sie also auf, die ehrwürdige Schrift, suchte nach Stellen, und siehe, man ward fündig!

Zwei Beispiele nur:

»Darum«, heißt es bei Jesaja 7,14, »wird der Herr ein Zeichen geben: Siehe, die junge Frau wird empfangen und einen Sohn gebären und ihn Immanuel nennen.«

Und bei Micha 5,1–2: »Du aber, Bethlehem im Lande Ephrata, unter den Sippen Judas bist du zwar klein, aber aus dir geht einer hervor, der über Israel Herrscher sein soll. Seine Ursprünge sind aus der Vorzeit, aus uralten Tagen. Darum gibt er sie hin bis zur Zeit, da eine Gebärerin gebirt und der Rest seiner Brüder heimkehrt zu Israels Söhnen.«

Wie war das zu deuten? Wer war da gemeint mit jener »jungen Frau« und »Gebärerin«? Kein Zweifel, diese Stellen aus dem Alten Testament waren nur als Hinweis auf Maria und ihren erstgeborenen Sohn zu verstehen. »Gott«, sagt die Mariologie, »hat von fern die (christliche) Jungfrau vorausgeschaut.« Gläubigen

Juden mochte diese Sicht der Dinge wenig behagen (der Prediger Joshua *war* ein gläubiger Jude; schenken wir uns die Frage, was er zu dieser Interpretation gesagt haben würde). Für die »Marienforscher« aber stand fest: Hier paßt alles zusammen, Topf und Deckel, und wo es einmal klemmte oder knirschte im kühnen Gedankengebäude, nahm man seine Zuflucht zum »göttlichen Mysterium« und zog, den Zauberkünstlern gleich, ein »Mariengeheimnis« aus dem Theologenhut.

Die Geheimniskrämerei – pardon – scheint überhaupt zum Handwerkszeug christlicher Theologen zu gehören. (Allein in Lourdes ist während der täglichen Lichterprozession von nicht weniger als fünf »glorreichen Geheimnissen« die Rede.) Immer dann, wenn die Vernunft ins Stolpern gerät, wenn es nicht weitergehen will auf rationalem Weg, wird es »geheimnisvoll«. An Erklärungen für das nicht zu Erklärende ist indes kein Mangel. Beim Lesen diesbezüglicher Texte verspürt man Lust, es Karl Popper nachzumachen, der Habermas'schen Philosophenschwulst in schlichtes Deutsch übersetzt und mit den Goethe-Versen kommentiert hat: »Gewöhnlich glaubt der Mensch, wenn er nur Worte hört, / Es müsse sich dabei doch auch was denken lassen.«

Nebelkerzen, viel Qualm um wenig oder nichts; schon die Sprache verrät hier ihren Meister:

»Geheimnis«, so heißt es im erwähnten »Lexikon für Theologie und Kirche«, »meint eine Wirklichkeit, die den religiösen Akt als solchem zugeordnet ist und so wegen dessen integraler Struktur eine ursprüngliche Beziehung zum *ganzen* geistigen Wesen des Menschen in all seinen Dimensionen hat.« Ferner ist es das, »worauf der Mensch in der Einheit seiner erkennenden und frei liebenden Transzendenz immer schon sich selbst übersteigt«, ein »Uraspekt der totalen Wirklichkeit«. Da gibt es das Geheimnis der Dreifaltigkeit Gottes, das Geheimnis der Menschwerdung Gottes, das Geheimnis der jungfräulichen Empfängnis Jesu, das Geheimnis der Wandlung von Brot und Wein in Fleisch und Blut Christi während der Messe, das Geheimnis des Glaubens überhaupt und, wie gesagt, auch ein Mariengeheimnis. Rationale Erhellung dieser »Mysterien« ist eher unerwünscht, denn:

»Weder darf das Geheimnis als das nur vorläufig noch nicht Geklärte, das noch Aufzuhellende, der noch unaufgearbeitete Restbestand des Klaren und Durchschauten oder einfach als das Noch-nicht-Gewußte *neben* dem andern Gewußten, noch darf die geistige Erkenntnis in ihrem ursprünglichsten und letzten Wesen als die Fähigkeit des durchschauenden Erfassens des ›Begreiflichen‹ aufgefaßt werden. Wenn Geist wesentlich und ursprünglich Transzendenz, als solches und so wesentlich auf das Unbegreifliche ist, dann ist Geist wesentlich das Vermögen der Annahme des Unbegreiflichen als solchen, des *bleibenden* Geheimnisses als solchen.«

Als solchen... Der Leser dankt und nimmt den Hut.

Drohen aber einmal alle Stricke der Logik endgültig zu reißen, dann erklärt man die Vernunft als urteilsbildende Institution für dieses Mal außer Kraft gesetzt – so, wie es Laurentin in seiner bereits erwähnten Schrift vorexerziert:

»In der Tat hat das Mysterium Mariens nicht die Logik einer geschlossenen Theorie in sich, wohl aber die eines in Freiheit ablaufenden Schicksals, das sich nach den manchmal bestürzenden Weisungen des Heiligen Geistes richtet. Wenn nicht der tiefste, so doch wenigstens der charakteristischste Zug dieses Schicksals und der Lehre, die es auszudrücken versucht, scheint die Bedeutung der Zeit zu sein, des Gesetzes der Dauer und des Fortschrittes. Ein Traktat, der durch ein Übermaß an Logik dieses Grundelement in die Ferne rückt, ließe, wo nicht das Wesentlicher so doch sicher etwas Wesentliches entschwinden.«

Genug der Taschenspielerstreiche und Wundergeschichten. Was bleibt noch zu berichten? Machen wir es kurz.

Mirjam, des Schreiners Weib, machte unter der Protektion der geistlichen Herren Karriere. Sie wurde Gegenstand von Konzilien, von liturgischen Festen. Man erhob sie zur Mittlerin, zur jungfräulich gebärenden Gottesmutter, die »unbefleckt« empfangen hat, und erklärte sie zur Kirchenlehrerin, zur Heiligen, die »lebendig in den Himmel aufgefahren« war. Schließlich dogmatisierte man in Rom die Lehren von der Unbefleckten Empfängnis (1854) und Leiblichen Aufnahme in den Himmel (1950): »Die unbefleckte, immerwährende jungfräuliche Gottesmutter Maria ist«, so Papst Pius XII., »nachdem sie ihren irdischen Lebenslauf vollendet hatte, mit Leib und Seele in die himmlische Herrlichkeit aufgenommen worden.«

Einwände erlaubt? In Dostojewskis Roman »Die Brüder Karamasow« verbietet der Großinquisitor dem auf die Erde zurückgekommenen Jesus den

Mund: »Du bist gekommen, uns zu stören... Morgen werde ich dich auf dem Scheiterhaufen verbrennen.« Nun, auf ganz so furchterregende Weise verfährt die katholische Kirche mit ihren Kritikern inzwischen nicht mehr (notgedrungen?). Aber durchgesetzt an »Lehre« hat sie noch immer, bis in die jüngste Vergangenheit hinein, was sie durchsetzen wollte (siehe die Politik des Vatikan in Sachen Zölibat, Familienplanung und Methoden der Geburtenkontrolle). Noch 1942, inmitten der schlimmsten Wirren des Zweiten Weltkriegs, weihte der Papst die Erde dem »Herzen Maria«. Sechs Jahre später dann, im »Marianischen Jahr«, erklärte er die Mutter Joshuas zur »Königin des Himmels und der Erde« und schuf zu diesem Anlaß ein neues Kirchenfest: »Maria Königin«...

Von protestantischer Seite hagelte es freilich Widerspruch, vor allem ob der kirchenoffiziellen, katholisch-mariologischen »Himmelfahrtsaktion«. In einem Gutachten zur Dogmatisierung der leiblichen Himmelfahrt Mariens sprachen die Autoren aus, was wohl auch so manchen Katholiken ungut bewegte, die quasi-Gleichsetzung Marias mit dem Erlöser Jesus Christus: Da dieser (so heißt es in dem Papier) frei von Erbsünde gewesen sei, so nehme man dies in katholischen Kleriker-Kreisen ganz ungerechtfertigter Weise auch von der Jesus-Mutter Maria an. »Ist Jesus Christus leiblich auferstanden und gen Himmel gefahren, so auch Maria. Ist Jesus Christus Herr und König, so ist Maria Herrin und Königin. Ist Jesus Christus Mediator (Mittler) und Redemptor (Erlöser), so ist Maria Mediatrix (Mittlerin) und Korredemptrix (Miterlöserin). Selbst die Titel einer Filia Dei (Tochter Gottes) und Dea (Göttin) sind Maria von mittelalterlichen Mariologen dereinst zugesprochen worden.«

So weit wie die »mittelalterlichen Theologen« ist der Papst, eingestandenermaßen, mit seinem Dogma nicht gegangen. Aber dem Kult um die Verherrlichte (dem, wie ein moderner Theologe in einer »Marien-predigt« eingesteht, schon immer ein »innerer Hang zu Kitsch und Übertreibung« innewohnt), wurde damit kein Einhalt geboten. Wie schon in früheren Jahr-hunderten, thront Maria noch immer als Mediatrix, als Mater Dei über der Welt.

Hand in Hand mit den Klerikalen machte sich von jeher zur Verherrlichung der also Erhöhten noch eine andere Zunft ans Werk, die der Künstler: Maler, Dich-ter, Komponisten und Sänger. Sie krönten die nun-mehr im Jenseits Verklärte mit ihren diesseitigen Kunstprodukten und schufen zumindest gelegentlich Werke, denen die Welt höchste Anerkennung zollt.

Mußte sie nicht über alle Maßen schön gewesen sein, diese Königin des Himmels? Doch viele dieser Versuche, dieses Über-alle-Maßen in Worte zu fassen oder bildhaft zu gestalten, endeten früher oder später auf Zolas »Basar« – sie gerannen zu Kitsch.

»Nein, so war es nicht«, hat Bernadette einst dem Lyoner Kunst-Professor auf die Frage geantwortet, ob denn seine Mutter-Gottes-Statue dem Urbild gleiche oder doch wenigstens diesem nahe komme. Natür-lich war es nicht so. Bernadette mußte in Trance verfallen, mußte sozusagen aus der Welt gehen, um

das Außerweltliche, das Überausschöne »zu sehen«.
So sehr entrückt war sie während der Erscheinungen,
daß (wie ein kritischer Augenzeuge, der Arzt Dozous, berichtet) die Flamme einer Kerze, die minu-
tenlang ihre Finger berührte, die Haut nicht ver-
brannte.

Dennoch wird immer wieder aufs neue versucht,
die Vorstellung einer überirdischen Schönheit ins
Weltlich-Bildhafte zu übersetzen – von Tizians put-
tengeschmückter Madonna bis hin zu jenen Plastik-
waren in den Geschäftsstraßen von Lourdes (und
anderswo). Nicht zuletzt haben Dichter und Komponisten das Ihre zur Vergöttlichung der »Jungfrau«
beigetragen: Ihre »Ave Marias«, oft Musenküsse von
genialer Machart, sind uns zu Ohrwürmern geworden. Aber hin und wieder gelingt dann doch einmal
ein Blick durchs Schlüsselloch »hinüber«: »Jungfrau,
Mutter, Königin, / Göttin, bleibe gnädig!« hat der alte
Weimarer »Heide« (der diese Bezeichnung weniger als
Schelte denn als Ehrentitel empfand) nicht ganz im
Ernst, aber doch auch nicht so ganz im Unernst ge-
reimt. Achtzig Jahre danach kam dann ein Wiener
Meister, ein Mann der tragischen Töne, und hat, vom
Ewig-Weiblichen hinangezogen, das Lied in seine
Sprache übertragen:

Viel mehr ist auf Erden, wenn denn vom Unaussprechlichen die Rede sein soll, nicht zu sagen.

✳

»Des Menschen größter Feind«, heißt es in Schillers »Jungfrau von Orleans«, »sind seine glühendsten Verehrer.« Katholische Theologen sahen sich denn auch zu einer Erklärung veranlaßt, wie die Verehrung der Maria im auslaufenden 20. Jahrhundert auszusehen habe. Vor allem sollte verhindert werden, daß neben der offiziellen Lehre ein konkurrierender, d. h. aus den Reihen der Gläubigen selbst kommender Kult sich fortentwickelte. Den Schaden, den Marienfreunde angerichtet hatten, galt es endlich zu begrenzen. In einem Rundschreiben forderte darum Papst Paul VI. die Gläubigen auf, die Verehrung Unserer Lieben Frau unter anderem an folgenden Kriterien zu überprüfen:

– Marienverehrung soll *biblisch* ausgerichtet sein. Nur die biblischen Geschichten um Maria (und nichts anderes) sollen der Verehrung Mariens zugrunde liegen.
– Marienverehrung soll *liturgisch* sein. Nur die Kirche selbst mit ihrer offiziellen Liturgie darf den äußeren Rahmen für die Verehrung bilden und setzt damit den Maßstab für den Kult.
– Marienverehrung bedarf der *ökumenischen Prägung*. Dies besagt, daß sie auch für nicht-katholische Christen nachvollziehbar und in ihrem Kern auf den gemeinsamen Glauben an Gott ausgerichtet sein muß.

Das Schreiben des Papstes zeigt, wie sich die Kirche in den sechziger Jahren dieses Jahrhunderts gegen eine (freilich von ihr selbst verschuldete) Überhöhung der Maria abzugrenzen suchte. »Alle Reden von Maria als ›Mittlerin‹ oder ›Vermittlerin‹«, heißt es denn auch in einem »Marienlexikon« von 1992, »bauen auf der grundlegenden christlichen Wahrheit auf, daß es einen einzigen und einmaligen Mittler Jesus Christus gibt...« (Da Jesus nach christlichem Glauben zugleich auch Gott ist, besagt dies freilich nichts anderes, als daß der Allmächtige sozusagen bei sich selbst vermittelnd vorspricht, was absurd erscheint, aber, da es nun einmal so und nicht anders gelehrt wird, in Demut hinzunehmen ist.)

Draußen in der Praxis, etwa vor der Grotte Massabielle, sieht das jedoch alles anders aus. Dort thront Maria, als Allerseligste, noch immer hoch oben, über Himmel und Erde. Keiner unter den himmlischen Heerscharen steht dem Thron Gottes näher als sie, die sich um der Menschen irdisches und ewiges Heil in mütterlicher Liebe sorgt und

Drumb in deinen Nöthen schau auf die Fraw...
Sie verlässet keinen nit
Der zu ihr gantz flehend bitt.
(Pilgerbüchlein, 1679)

als »Mittlerin« zwischen Gott und der sündigen, leidenden Menschheit eine Brücke schlägt.

Die Gefahr des Rückfalls in den Götzenkult (aber war es denn je gelungen, sich mit sichtbarem Erfolg aus dessen Fängen zu befreien?) ist allgegenwärtig; die einmal aufgestoßene Tür des Aberglaubens, des peinlichen Rummels um Maria, ist so schnell nicht zu verschließen, schon gar nicht gegen Herz und Sinn so ungezählter Gläubiger und Freunde der »Heiligen Jungfrau« im Volk. Pilgerorte wie Lourdes sprechen dafür eine deutliche Sprache:

O eilet, sie zu schauen,
die schönste aller Frauen,
die Freude aller Welt...
(Pilgerbüchlein, 1990)

Die Frage, ob Unsere Liebe, in den Himmel leiblich aufgefahrene Frau dort oben auch in Zukunft auf herausragendem Platz wird residieren können, ist keine Frage. Sie wird. Und zwar so lange, wie der Christusglaube besteht, der gleichfalls ein Produkt der theologischen Vernunft ist und, wie der Marienglaube, die *kritische* Vernunft mit Erfolg aus den Köpfen der Gläubigen zu verdrängen versteht.

Inwieweit Theologie etwas anderes ist als die Suche in einem dunklen Zimmer nach der bekannten schwarzen Katze, die gar nicht existiert, muß hier nicht zur Debatte stehen. Dagegen lohnt es aber zu bedenken, wie konsequent die Kirche durch die Zeiten hindurch an ihrer Lehrmeinung, dem A und O des christlichen Glaubens, der Auferstehung Jesu, festgehalten hat.

Ist nämlich Joshua, jener jüdische Prediger, der als gottesfürchtiger Mann an seinem Marterholz sterben mußte, von den Toten *nicht im Fleische* auferstanden und verklärt gen Himmel gefahren, mithin zum Christus avanciert, dann – so einfach sind die Dinge – ist alles Christentum am Ende. Ein nicht erstandener Jesus taugt nicht einmal mehr zur Kultfigur, denn viele alte Weisheitslehrer – von Salomo, den Propheten des

Alten Testaments, Buddha, über Sokrates zu den chinesischen und römischen Philosophen – laufen den Ausführungen seiner Lehre mühelos den Rang ab. Die Kirchenführer handeln darum konsequent, wenn sie, den Fortbestand des Christentums im Sinn, auf der leiblichen »Auferstehung des Herrn« beharren und abtrünnigen Lehrmeinungen eine Abfuhr erteilen. *Inkonsequent* erweisen sich dagegen Theologen, die die alten Auferstehungs- und Himmelfahrtsgeschichten ins Mythische, Psychologische, Tiefenpsychologische oder wie auch immer zu wenden versuchen und ihrer richtigen Einsicht, daß tote Leiber nicht wieder lebendig zu werden pflegen, keine Taten folgen lassen, will sagen: ihrer Kirche, und damit dem Christentum, den Rücken kehren. Solange aber der Glaube an den auferstandenen Christus »gilt«, solange darf und muß auch eine »leibliche Himmelfahrt der Maria«, ihr »Königtum« und alles, was damit zusammenhängt, gelten dürfen – woraus abzuleiten ist, daß den Gläubigen »die schönste aller Frauen, die Freude aller Welt« noch lange erhalten bleiben wird.

Zurück zu unserer Ausgangsfrage: Wer war, wer ist Maria? Nur ein Geschöpf der Kirche? Ja, so ist es. Doch sollten wir ihr darum nicht weniger Respekt erweisen? Denn was heißt in diesem Fall schon »nur«? Ist denn der Weg von der Kleinen-Leute-Madame zur Himmelskönigin nicht schon in sich ein wirkliches Wunder? Was alles in der Welt ist mit ihrem Namen verknüpft – Orte und Orden, Legenden und Dogmen, Feste und Gesänge!

Kein Zweifel, herrlich steht sie da, Unsere Liebe Frau, über alles Irdische erhoben und doch dem Irdischen so nah – verehrt, geliebt, gepriesen von Millionen. »Von Anfang an gehöre ich zum Herrn« ist gar in einer Messe zu Maria Empfängnis zu lesen. »Ich war vor irgendeinem anderen Wesen da. Ich komme aus der Ewigkeit, aus einer Zeit, als die Welt noch nicht erschaffen war...«

Fürwahr, eine Hohe Frau!

Drum Ehre, wem Ehre gebührt. Ave Maria, du hast es geschafft. Du darfst mit dir zufrieden sein.

DRITTES KAPITEL
Die Lust am Ohrenkitzel

Ist des Menschen Natur wirklich
so beschaffen, daß er des Wunders
entraten kann, daß er in den qualvollsten,
furchtbarsten Minuten seines Lebens,
wenn die Seele Antwort verlangt
auf ihre letzten Fragen, allein zu bleiben
vermag mit der freien Entscheidung
seines Herzens?

Dostojewski: »Die Brüder Karamasow«

7

Es ist noch früh am Morgen, nicht lange nach Sonnenaufgang. Aber auf dem Platz zwischen dem Felsen Massabielle und dem Gave drängen sich auch jetzt, wie zu jeder Stunde des Tages, die Menschen. Sogar drüben, auf der anderen Seite des Flusses, stehen betende, singende Gläubige – Leute, die von weither gekommen sind, um hier, eingezwängt in die Masse der Pilger, Unserer Lieben Frau von Lourdes nah, endlich nah zu sein.

Wieder einmal hat sich unsere Gruppe vor der Grotte zu einem (Zitat Reiseleitung) »gemeinsamen Gottesdienst für Gesunde und Kranke« versammelt. Wie bereits berichtet, hatten wir alle, unser ganzer Pilgerzug, schon am Tag unserer Ankunft der Schönen Dame eine erste Reverenz erwiesen. Heute aber ist ein besonderer Tag, ein besonderer Anlaß. Ein Priester aus unserer Gruppe – es ist nicht irgendeiner, sondern unser Bischof persönlich! – zelebriert im Höhlenrund die heilige Handlung.

Nur mühsam bahnen wir uns mit den Kranken einen Weg, nehmen zu Füßen der Madonna unsere reservierten Plätze ein und blicken ehrfürchtig am Felsen hinauf: Da steht sie also in ihrem Oval, sie, die Allerlieblichste, das Werk des Meister Fabisch, steht da, weiß-blau gewandet, mit gelben Rosen auf den Füßen, gefalteten Händen und fromm zum Himmel erhobenem Blick: eine Bilderbuchmadonna, wie sie en miniature in Millionenauflage so manche heimische Kommode schmückt.

Was die Grotte angeht (ich schätze sie auf zwölf Meter Breite, acht Meter Tiefe), so ist sie längst nicht mehr die unwohnliche Höhle, die sie bis zu jenem denkwürdigen 11. Februar von anno dazumal gewesen ist. Auf alten Fotos ist nur ein Felsenloch erkenntlich, nackte, düstere Natur am linken Ufer des Gave, der bei Hochwasser den Höhleneingang erreichte und dort Geröll und Unrat hinterließ. Noch während der Erscheinungen hatten die Lokalbehörden, vom anwachsenden Strom der ersten Pilgerscharen irritiert, den Zugang zur Grotte verbarrikadiert. Ein paar Tage später freilich mußte der Bretterzaun wieder verschwinden: Eine Erzieherin des kaiserlichen Prinzen hatte Massabielle besucht und, nach Paris zurückgekehrt, Seiner Majestät Bericht erstattet. Der daraufhin ergangene allergnädigste Befehl an das Lourder Kommissariat war von erlauchter Bündigkeit: »Man gebe den Zutritt frei und gestatte den Genuß des Wassers.«

Des Wassers: Im Dunkel des Höhlenhintergrundes, etwas zur linken Seite hin, sprudelt in einer Bodenvertiefung über bemostem Fels, was hübsch aussieht, die Quelle. Blumen schmücken die dezent beleuchtete und mit einer Glasplatte geschützte Stelle. Nachdem die Wasserader durch Bernadettes buddelnde Hände ans Tageslicht gekommen war, hatten Maurer- und Müllersleute sie gefaßt und in den Gave abgeleitet. Gehen wir der Frage nicht weiter nach, inwieweit das Erscheinen dieses Quellchens ein Wunder genannt zu werden verdient. Von Beduinen ist bekannt, daß sie inmitten der Wüste wie weiland Moses am trocknen Fuß von Felsen Wasser aus dem Boden zu holen verstehen. Ein Jesuit, Carlos Maria Staehlin, hat schon vor Jahrzehnten versucht, das Lourder »Quellwunder« seiner Wunderhaftigkeit zu entkleiden und auf den Boden des Natürlichen oder doch

Wahrscheinlichen herunterzuholen. Leider wurden Übersetzung und Verbreitung seines Buches »Apariciones – Ensayo critico« (Madrid 1954) durch die Kirche behindert.

Inzwischen wird das kostbare Naß (je nach Jahreszeit sind auf es bis zu 72 000 Liter täglich) in einem Becken aufgefangen; von hier aus fließt es für die Genesungssuchenden nach der rechten Seite hin zu den Marmorwannen (»Pescines«), und nach links zu einem guten Dutzend Wasserhähnen, aus denen sich Pilger und Besucher frei bedienen können: Man wäscht hier rituell seine Hände, sein Gesicht, trinkt oder füllt das Wasser in Behälter, in Kannen und Flaschen, um es mit nach Hause zu nehmen. Ja, Lourdes lebt nicht nur von der wundersamen Geschichte um die Schöne Dame und ihr Müllerskind, sondern auch und insbesondere von dieser Quelle. Laboruntersuchungen haben ergeben, daß es sich dabei um ganz gewöhnliches Gebirgswasser handelt, das (wie es in einem Untersuchungsbericht heißt) »keine therapeutischen Eigenschaften« besitzt. Kein Badekurort könnte damit auf Dauer bestehen. Aber eben das ist das Besondere an Bernadettes Quelle, daß sie auf der einen Seite so gewöhnlich, auf der anderen so gänzlich ungewöhnlich ist. Worauf es hier ankommt, ist nicht das Wasser, sondern eine Synthese von Wasser und Glaube, von Materie und Geist. In einigen Fällen hat diese Synthese menschliche Gebrechen auf so verblüffende Weise geheilt, daß selbst renommierten Medizinern zur Beschreibung dieses Phänomens kein anderes Wort dienlicher erschien als eben das eine: Wunder!

Der Beweis für dieses sich sozusagen fortzeugende Wundergeschehen jener fernen Tage von 1858 ist gleich über der Quelle zu bestaunen. Dort hängen unter der Höhlendecke Krücken von einstmals gehbehinderten Pilgern. Im Höhleninnern steht ein Zettelkasten für die Anliegen der Gläubigen an die Adresse der Dame. Und am Höhlenrand, unter der Madonnennische, flackern auf einem mannshohen Kerzenständer, der sich über sechs Etagen hin wie ein Weihnachtsbaum nach oben hin verjüngt, Dutzende von Kerzen.

Zwei Schritte entfernt steht ein Blechcontainer für Opferkerzen. Bis sie einmal brennen werden, wird viel Wasser den Gave hinunterfließen, denn zunächst einmal werden sie in einem nahgelegenen und bis unter die Decke angefüllten Lager gestapelt. »Hier«, so heißt es auf einer Tafel am Eingang des Silos, »werden die Kerzen, die Sie spenden, eingelagert. Sie werden Tag und Nacht das ganze Jahr hindurch verbrannt als Zeichen Ihres Glaubens und Ihres Gebetes.«

Wer will, entzündet seine Opfergabe auch selbst; Gelegenheit dazu gibt es in der Nähe, wo auf überdachten Ständern Hunderte von Kerzen brennen. Diese flackernden Lichter werden, so verspricht in mehreren Sprachen ein aufgestelltes Schild, »ihre Gebete fortsetzen«. Daß dies so ist, dafür sorgen eigens angestellte Kräfte, deren einzige Aufgabe es ist, die Kerzen am Brennen zu halten und das geschmolzene Wachs von den Ständern abzukratzen. Diese guten Leute haben, wie die Dinge einmal liegen, tagaus-tagein alle Hände voll zu tun. Fertig werden sie nie.

Im Gestrüpp des Efeu neben dem Oval mit der Madonna nistet eine Drossel; sie läßt sich von Gesang und Weihrauch nicht stören und füttert ihre Jungen. Mehrere Steinwürfe entfernt, auf der anderen Seite des Gave, spielen derweil ein paar junge Leute auf der grünen Wiese Fußball. Unsere Liebe Frau drückt wohl ein Auge zu. Zu Füßen der Allerseligsten aber öffnen sich im Kreis der Pilgergemeinde sperrangelweit die Seelen. Wem das Herz voll ist, dem fließen Mund und Augen über. Ich sehe kniende, betende, weinende Menschen. Selbst dem unversöhnlichsten Gegner des Marienglaubens blieben jetzt und hier der Spott, das Sakrileg der Lästerung im Halse stecken.

Hört sie noch hin, die Hohe Frau da oben in ihrem Oval? Nimmt sie das Beten und Bitten um Erlösung vom Leiden noch zur Kenntnis? Gewiß, ein millionenfaches Stimmengewirr dringt Tag für Tag zu ihr herauf, hier und an hundert anderen Orten der Erde. »Rosenkönigin, Pforte des Lebens, / laß uns nicht flehn zu dir, rufen vergebens!« steht in unserem Pilgerbüchlein zu lesen. In den meisten Fällen wird das Flehen wohl »vergebens« sein. Unter uns gefragt: Wie hält sie es aus, die Gebenedeite unter den Frauen, wie verkraftet sie dieses ewig-gleiche Klagelied? Steigt ihr nicht endlich auch einmal eine unheilige Zornesröte in ihr liebliches Antlitz ob des himmlischen Schöpfers und Dulders all des namenlosen und unabwendbaren Elends: Factorem terrae et miseria? Sogar die frömmsten Pilgerseelen mögen da ins Grübeln geraten:

»Enorm, was die Frau da obbe sich so alles anhörn muß«, höre ich es auf gut Hessisch hinter mir raunen. Und in einem Anflug von Respekt und Mitgefühl fügt die Flüsterstimme hinzu: »Heilisch Maria, hast du en Job!«

8 Nicht nur in Lourdes, auch an anderen Orten in der Welt ist die allerseligste Jungfrau bevorzugten Menschen erschienen und hat ihre Wunder gewirkt. Dabei scheint sie bestimmte Regionen zu bevorzugen: Alle größeren Wallfahrtsorte, die ihre Existenz Marienerscheinungen verdanken, liegen südlich des 50. Breitengrades in gut katholischen Ländern.

Neben Lourdes sind dies vor allem Fátima in Portugal und Guadalupe in Mexiko. Während auch in Fátima die Madonna Kindern auf dem Feld erschienen ist (1917), hat Guadalupe eine besondere Geschichte. Sie beginnt im Jahr 1531. Auf seinem Weg zur Messe hörte der Indio Juan Diego (sein Eingeborenenname war Cuauhtlatohuac) unweit eines Hügels sonderbare Musik. Gleich darauf sah er dort eine junge Frau stehen. »Ihr Gewand«, heißt es in einem Text aus dem Jahr 1649, »leuchtete wie die Sonne, als ob es von Licht widerstrahle, und der Stein, der Felsen, auf dem ihr Fuß stand, als ob er von Strahlen sprühe; der Glanz von ihr schien wie Edelsteine, wie der schönste Schmuck, und die Erde, als ob sie aufleuchte von dem Glanz des Regenbogens.«

Die Erscheinung behauptete von sich, die »Jungfrau Maria« zu sein. Sie trug Diego auf, dem Bischof von Mexiko eine Botschaft zu überbringen: Auf dem Hügel ihres Erscheinens solle, so der Wunsch der Dame, »ein Haus« errichtet werden. Der Indio ging los und tat, wie ihm befohlen. Doch der Bischof zweifelte an der Identität der »Jungfrau«, er verlangte ein »Zeichen« – auch der Pfarrer von Lourdes hatte von Bernadettes Schöner Dame ein Zeichen verlangt, nämlich ein Rosenwunder in der Höhle, freilich um-

sonst. Der Wunsch des Bischofs ging indes in Erfüllung. Die Erscheinung beauftragte Diego, Blumen zu
pflücken: »Pflücke sie, sammle sie, lege sie zusammen. Dann komm hierher und bringe sie zu mir.«

Wieder tat Diego, wie ihm aufgetragen wurde. Er
pflückte die Blumen, brachte sie der Erscheinung, die
sie »mit ihren ehrwürdigen Händen« berührte, und
erhielt die Weisung, sie in seine Tilma, seinen Um-
hang, zu packen und dem Bischof zu bringen: »Ich
gebiete dir mit großer Strenge, daß du nirgends als in
Gegenwart des Bischofs deine Tilma auftust und ihm
zeigst, was du trägst.« Diego machte sich also wieder
auf den Weg. Was dann geschah, liest sich in besagtem
Bericht von 1649 so:

Diego breitete vor dem Bischof »seine weiße Tilma
aus, in die hinein sie [die Erscheinung] die Blumen
gelegt hatte. Und sobald die verschiedenen kostbaren
Blumen zu Boden fielen, da verwandelte sie [die Til-
ma] sich in ein Zeichen. Da erschien plötzlich auf ihr
das geliebte Bild der Vollkommenen, der Heiligen
Jungfrau Maria, der Mutter Gottes, in Form und Gestalt, wie es noch heute in ihrem geliebten kleinen
Haus aufbewahrt wird, jenem kleinen Heiligtum auf
dem Tepeyac, der Guadalupe genannt wird. Und als
der regierende Bischof und alle, die dort waren, es sahen, knieten sie nieder und bewunderten es sehr.«

Das Tuch mit dem Bild ist erhalten geblieben. Das
eigentlich Sensationelle ereignete sich aber erst in unserem Jahrhundert. 1929 entdeckte ein Photograph in
den Augen des Marienbildes das Spiegelbild eines
Mannes. Und 1986 schließlich erkannte man unter
Einsatz moderner optischer Geräte, etwa einem Elek-

tronenmikroskop, in beiden Pupillen der dargestellten
»Jungfrau« jene Szene, die sich anläßlich der Öffnung
der Tilma vor dem Bischof im Jahr 1531 ereignet hatte,
und zwar mit eben jener Exaktheit, mit der sich in den
Augen eines Beobachters sein Gegenüber, also das von
ihm Betrachtete, widerspiegelt. Mit anderen Worten:
Das Bild auf der Tilma hatte im Augenblick seiner Entstehung die ihm gegenüberliegende Szene im Haus des
Bischofs »aufgenommen«, eben so, wie eine Kamera
ein Bild auf dem eingelegten Film festhält.

Die Frage, was wohl hinter diesem Kunststück
steckt, wurde naturgemäß vor allem von jenen gestellt, die sich mit einem »Mariengeheimnis« nicht
zufriedengeben wollten. Eine naheliegende Erklärung,
nämlich die des Betrugs, der bewußten Irreführung der
Gläubigen, scheidet im Fall Guadalupe aus: Vor über
450 Jahren war keine Technik bekannt, die etwas ähn-
liches wie die Widerspiegelungen in den Augen der
Madonna hätte herstellen können. Hier, wie in Lourdes (auch Bernadette »sah«, was sie in ihrem Trance-
zustand erlebte und später zu beschreiben suchte, tatsächlich; nie und auf niemanden, auch nicht auf ihre
Widersacher, hat sie den Eindruck einer Betrügerin
oder Irren gemacht), scheint es also bei den Erscheinungen mit rechten, wenn auch wissenschaftlich
noch immer ungeklärten Dingen zugegangen zu sein.

An Unternehmungen, gewisse Phänomene rational zu erklären, hat es natürlich nie gefehlt. Da ging
die Rede von Sinnestäuschungen, Suggestion, Halluzination bis hin zum Drogenmißbrauch. Kelvin
McClure, der in seinem Buch »Beweise« (1987) für
sich in Anspruch nimmt, bei seinen Forschungen

nach dem Prinzip zu arbeiten, »daß die wahrschein-
lichste Erklärung die ist, welche die geringste Un-
wahrscheinlichkeitsquote aufweist«, erinnert an »bestimmte übernatürliche oder unerklärliche Ereignisse
und Erfahrungen während der gesamten Geschichte
der Menschheit seit vorbiblischen Zeiten«. Immer
wieder hätten beispielsweise »Lichtkugeln oder -mas-
sen« gewisse »Geschehen angekündigt oder eingeleitet«. Je »nach dem geistigen und psychischen Zustand
des Zeugen« werde dies »verschieden interpretiert«:

»Was 1858 einem jungen Bauernmädchen im katholischen Lourdes als die Jungfrau Maria erscheint,
kann 1983 einem Teenager des Raumfahrtzeitalters
gut als außerirdisches Wesen vorkommen, obwohl es
tatsächlich vielleicht weder das eine noch das andere
ist. Wenn man das Prinzip akzeptiert, daß Leute das
sehen, was sie erwarten zu sehen..., dann mag eine
solche Theorie durchaus Gültigkeit besitzen.«

Natürlich erklärt diese »Theorie« noch nicht das
Kunststück der Jungfrau von Guadalupe. Seriöse
Nachforschungen haben aber inzwischen den Beweis
erbracht, daß gewisse Verhaltensweisen, wie sie von
Sehern im Zustand der Trance an den Tag gelegt werden, auch und gerade bei Kindern und Jugendlichen
experimentell erzeugt werden können. Auch die Un-
empfindlichkeit gegen Schmerzen (wir erinnern uns
an jene Geschichte von der Kerzenflamme, die Bernadettes Finger berührte) ist seit Jahrtausenden bekannt
und muß daher, weil sie »künstlich«, d.h. auf dem
Weg der Hypnose zu erreichen ist, nicht in jedem Fall
zu den »Wundern« im Sinn eines übernatürlichen
Eingriffs gerechnet werden.

An Versuchen, die das »Unerklärliche« erklären sollen, besteht, wie gesagt, kein Mangel. So offerieren beispielsweise die Autoren J. und P. Fiebag in ihrem Buch »Himmelszeichen« (1992) eine Hypothese, die zunächst einmal nicht weniger unwahrscheinlich, nicht weniger »wunderbar« klingt als die Annahme eines Übernatürlichen Geschehens durch die Erscheinungen der »Jungfrau Maria«. Dabei beziehen sich die beiden Autoren unter anderem auf »Marienerscheinungen«, die ab 1981 bis in die jüngste Vergangenheit hinein in Medjugorje/Herzegowina von einer Gruppe Jugendlicher wahrgenommen wurden. Anhand medizinischer und psychologischer Untersuchungen, die vor Ort unter wissenschaftlicher Kontrolle durchgeführt wurden, versuchte man zunächst, sich über die »Seher« selbst bzw. über deren innere Verfassung während der Erscheinungen ein Bild zu machen.

»Die Forschergruppe«, so heißt es bei Fiebag, »führte insbesondere Tests mit Hilfe von Elektroenzephalogrammen (EEG) und Elektrokardiogrammen (EKG) sowie spezielle Augen- und Hörtests durch. Die Jugendlichen wurden jeweils vor Beginn der Erscheinung an die Geräte angeschlossen, die ihre Hirntätigkeit, den Herzrhythmus und andere Körperfunktionen maßen. Dabei zeigte sich, daß während der Erscheinungen... Schlaf, Traum oder Epilepsie auszuschließen waren.

Die Augentests – unter anderem mit einem Elektrookulogramm – machten dreierlei deutlich: Zu Beginn der Erscheinungen setzen die Augenbewegungen der Seher simultan aus (Synchronizität), was als Beweis für den objektiven Charakter der Erscheinung zu werten ist. Die Augenbewegungen sind während der gesamten Dauer der Erscheinung nicht reduziert, sondern finden überhaupt nicht mehr statt, die Pupillen bleiben starr. Auf die Sekunde genau setzt die Augenmotorik am Ende des Geschehens bei allen Sehern wieder simultan ein. Blinzelreflexe – auch bei größerer Lichteinwirkung – fehlen. Vor die Augen der Seher gehaltene Schirme werden von ihnen nicht wahrgenommen; der Blick auf die Erscheinung wird dadurch nicht beeinträchtigt... Hörtests zeigten ebenfalls ein völliges Abblocken von akustischen Reizen... Die Sprechfunktion setzt im Moment des Beginns der Erscheinung vollkommen aus. Es finden keine Kehlkopfbewegungen mehr statt, lediglich die Lippen werden bewegt. Simultan beginnt die normale Artikulation beim Beten des Vaterunsers und wieder am Schluß der Erscheinung.«

Diese Beobachtungen der aus jugoslawischen und italienischen Wissenschaftlern bestehenden Forschungsgruppe unterscheiden sich in wesentlichen Punkten in nichts von dem, was Augenzeugen über Bernadettes Zustand während der Erscheinungen in der Grotte Massabielle berichtet haben. Die Seher, daran ist kein Zweifel, »sehen« wirklich, was sie vorgeben zu sehen – nämlich eine Gestalt, die in der Art ihres Auftritts in allen Stücken an jene Bilder erinnert, die sich Generationen von gläubigen Christen von der Himmelskönigin Maria gemacht haben. Darum ist für sie auch die Frage, wer sich denn hinter den Erscheinungen verbirgt, *keine* Frage. Für sie, die Gläubigen, ist es die Jungfrau Maria – wer sonst sollte oder könnte es sein!

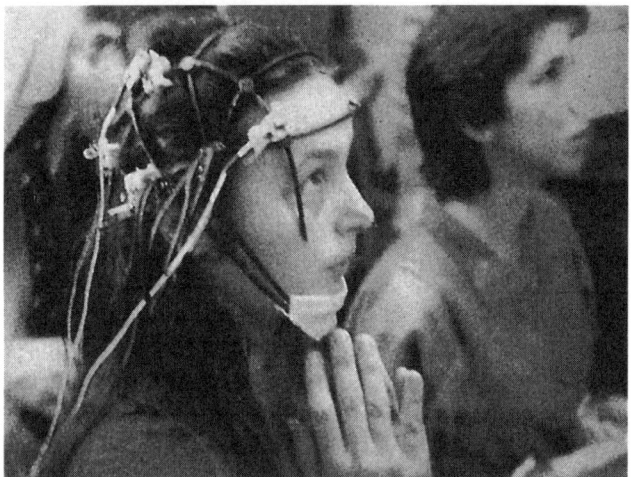

Die jungen Seher von Medjugorje/Herzegowina während der Erscheinungen: Mit EKG der Heiligen Jungfrau auf der Spur?

Für Leute wie das Autorenteam Fiebag ist indes der Sachverhalt nicht ganz so selbstverständlich, zumal sie mit einigem Recht den Glauben für unzumutbar halten, »Gott selbst würde über Maria, die Mutter Jesu von Nazareths, beständig Eingriffe in unsere Welt vornehmen. Ein solches Bild reduziert Gott auf die Ebene eines Dilettanten, der vordringlich seine Zeit damit verbringt, sein eigenes Werk zu reparieren, zu restaurieren und zu manipulieren.« Mit ihrer Antwort freilich, die sich nicht weniger phantastisch ausnimmt als die frommen Interpretationen der Seher und Gläubigen, begeben sie sich eingestandenermaßen »auf den unsicheren Pfad der Spekulation. Keiner unserer Leser ist dabei gezwungen, uns dabei zu folgen...« Natürlich nicht. Weil aber dieser »Pfad« eines gewissen Reizes nicht entbehrt, soll hier aufgezeigt sein, wohin er führt. Hören wir also noch einen Augenblick zu, ohne uns deshalb von esoterischen Wogen hinwegspülen zu lassen.

Die beiden Autoren vertreten die Ansicht, daß es sich bei den Erscheinungen um das Auftreten von Mitgliedern oder Abgesandten einer »extraterrestrischen Zivilisation« handle, platt gesagt: Die Außerirdischen treiben mit den Irdischen ihr Wesen. Für diese ihre Meinung tragen die Fiebags einige durchaus erwägenswerte Argumente vor. Ich gehe hier nicht ins Detail ihrer Argumentation, stelle aber mit den Autoren die Frage, welches Interesse eine fremde Intelligenz mit ihren Besuchen auf der Erde verfolgen könnte. Die Antwort lautet, kurz gefaßt: aus Fürsorge, aus einer All-Liebe heraus, die die Menschheit auf schonende Weise, nämlich durch die Erscheinungen einer vertrauten Gestalt (eben Maria), auf eine künftige kosmische Gemeinschaft vorbereiten will. Denn:

»Die graduelle Erkenntnis einer außerirdischen Präsenz über mehrere Monate hinweg dürfte für die breite Weltöffentlichkeit noch eine derart schockierende Offenbarung sein, daß ein ökonomisches Chaos und katastrophale Regierungskrisen nicht auszuschließen wären. Insbesondere die religiösen Konsequenzen, die in vielen, vor allem islamischen Staaten, auch politische Konsequenzen zeitigten, dürften unabsehbar sein.«

Zur weiteren Untermauerung dieser Hypothese dann noch dies:

»Professor Walter Newman von der Princeton-Universität und Professor Carl Sagan von der Cornell-Universität entwickelten vor etwa zehn Jahren [also Anfang der achtziger Jahre] die Idee, derzufolge universelle Hemmschwellen gegen einen kosmischen Imperialismus bestehen könnten. Sie nehmen an, daß vielleicht ein ›Codex Galactica‹ existiert, um jüngere planetare Gesellschaften anzuleiten und zu beschützen. Hochentwickelte Zivilisationen mit einer langen Geschichte müßten demnach gelernt haben, wie man sich anderen Kulturen gegenüber wohlwollend verhält und mit den heranwachsenden umgeht.«

Das alles mag nicht von der Hand zu weisen sein, vor allem dann nicht, wenn man in Erwägung zieht, daß es irgendwo draußen im All Wesen geben könnte, die über eine Technik verfügen, die uns (noch) unvorstellbar ist und beispielsweise ein »Kunststück« wie jenes auf der Tilma Diegos zustande zu bringen in der Lage ist. Denn in der Tat: »Wir stehen erst am Beginn unserer Geschichte – sechstausend Jahre Kultur sind *nichts* im Vergleich zu jenen Zeitdimensionen, auf die andere stellare Zivilisationen zurückblicken mögen.«

Was also ist von der Verknüpfung der »Marienerscheinungen« mit dem Besuch einer (wahrscheinlich existierenden) außerirdischen Intelligenz zu halten? Um es kurz zu machen: Hier wie dort bleibt es bei Vermutungen, beim bloßen Glaubensbekenntnis. Weder für »Maria« noch für die »extraterrestrische Zivilisation« lassen sich Beweise erbringen. Noch immer stoßen wir, wie McClure richtig schreibt, auf »Fragen, die wir heute nicht beantworten können... Heute steht uns eine Vielzahl von Beweismaterial zur Verfügung, das oft unstimmig und widersprüchlich ist. Wir können nicht sagen, was es beweist, sondern nur was es nicht beweist.« Und er fügt sozusagen als persönliches Bekenntnis hinzu: »Ich bin weit davon entfernt zu glauben, daß die Jungfrau Maria im Laufe der vergangenen 1900 Jahre die Erde besucht hat. Aber ich bin mehr denn je daran interessiert zu begreifen, warum so viele Menschen diesen Glauben felsenfest vertreten.«

Die Frage nach dem wahren Kern der Ereignisse von Lourdes und anderen Erscheinungsorten ist mithin für jene, die an die Version von der »Heiligen Jungfrau« nicht glauben können, weiterhin offen – das Rätselhafte bleibt uns, so scheint es, noch eine Weile erhalten. Vorerst muß wohl jeder für sich selbst eine Antwort auf die Frage finden, ob er bei Ereignissen wie beispielsweise denen von Lourdes eine Interpretation ins Übernatürliche wagen oder sich mit ei-

nem schlichten, aber ehrlichen »ich weiß es nicht«
zufrieden geben will.

Die Neigung zu Letzterem scheint indes nicht allzu weit verbreitet. Das Eingeständnis, etwas nicht zu
wissen, bereitet offenbar ein intellektuelles Unbeha-
gen, dem sich nur wenige aussetzen mögen. Hinzu
kommt eine Sucht nach dem Phantastischen, die sich
mit einfachen Glaubensinhalten (etwa einem bescheidenen, unspektakulären »Ich glaube an Gott«)
nicht mehr zufrieden geben will. Was böte sich da
besser an, als bei noch ungeklärten Phänomenen seine Zuflucht bei den »Außerirdischen« oder der »Jungfrau Maria« zu suchen?

Wundersucht: Die Lust am Glauben? – »Es wird
eine Zeit kommen«, heißt es im zweiten Brief an Ti-
motheus (4,3), »in der die Menschen die gesunde Lehre nicht ertragen mögen, sondern nach ihrem eigenen
Gelüst sich Lehre über Lehre zusammensuchen, weil
sie nach Ohrenkitzel verlangen. Sie werden ihr Ohr
von der Wahrheit abwenden und den Fabeln zuwen-
den.« Dem ist nichts hinzuzufügen, soweit es den
»Ohrenkitzel« betrifft. Was freilich die »gesunde Lehre« angeht, darüber wäre wohl von Fall zu Fall zu
streiten.

9

B., mein Reisegefährte aus dem Männerabteil unseres Pilgerzuges, der Mann mit dem »Barabbas« im Reisegepäck: Wir sind uns während der vergangenen Tage wiederholt in den Kirchen, auf dem Prozessionsweg oder im Trubel der Lourder Innenstadt begegnet. So gut wie immer war er dabei von seiner Mutter, seiner »Mamma« begleitet, einer Bauersfrau, wie man sie aus guter alter Zeit zu kennen glaubt und wie sie heutzutage nur noch wandelnde Folklore ist. Denn unsere Schöne Neue Welt hat ja das »Leben auf dem Lande« nicht verschont. Die moderne Landwirtschaft ist auf der Höhe der Zeit, Computer erstellen Futterpläne für Borstenvieh und Rinder, diffizile Technik reguliert die Ausbringung von Saatgut, Dünger und Pestiziden, und im Haus helfen High-Tech-Geräte der Bäuerin über die Runden. Die Tage der »Leute vom Land«, der dörflichen »Hinterwäldler«, sind lange vorbei. Doch B.'s »Mamma« scheint die sprichwörtliche Ausnahme zu sein. Sie redet (wenn denn überhaupt) sehr leise, fast so leise wie der Sohn an ihrer Seite. Ihr äußeres Erscheinungsbild ist eher unscheinbar. Gediegenes Grau, das durch ein beiges Tuch über den Schultern aufgelockert wird, herrscht vor.

Ihr bevorzugter Lebensraum scheint der unspektakuläre Hintergrund zu sein. Und hier, im Hintergrund, im Abseits, lebt wohl auch ihr Sohn. Nie, nicht ein einziges Mal, ist es bisher mit ihm zu einem längeren Gespräch gekommen. Immerhin sind inzwischen Einzelheiten über sein Leben, sein Schicksal bekannt geworden, und leider sind diese Einzelheiten nicht gut. Der junge Mann war, nachdem er sein Studium beendet hatte, als Pädagoge an einem Gymnasium in der Landeshauptstadt tätig gewesen. Doch dann warf eine Infektion des Zwischenhirns, die sich schon bald als chronisch erweisen sollte, sein Leben aus der Bahn. Die Symptome – mühsames Sprechen, Schweißausbrüche, zitternde Hände, schließlich ein wächsernes, maskenähnliches Gesicht sowie von Wahnideen begleitete Phasen – ließen keinen Zweifel an der Schwere der Erkrankung. Zu allem Unglück wurde im Gehirn ein weiteres Virus entdeckt, das dort, unerreichbar für die Mittel der modernen Pharmakologie, die Zerstörung der Zellen beschleunigt.

Nachdem sich B. über den Verlauf seiner Erkrankung klargeworden war, hatte er den Schuldienst quittiert und sich aus dem Kreis seiner Kollegen, Freunde und Familie zurückgezogen – er war der Welt buchstäblich abhanden gekommen. Niemand kannte zunächst den Grund. Viele Wochen waren vergangen, bis man die Wahrheit über seinen Zustand erfahren hatte. Daraufhin holte ihn die Mutter heim ins Dorf.

Am Morgen unseres »gemeinsamen Gottesdienstes für Gesunde und Kranke«, an dem unser Bischof in der Höhle Massabielle die Messe zelebriert, sehe ich B. an der Ufermauer des Gave stehen. Mit leicht nach vorn gebeugtem Rumpf und angewinkelten Armen verfolgt er, sichtlich distanziert, das Geschehen in und vor der Grotte. Auch er hat mich in der Menge entdeckt. Unerwartetes geschieht: Er nickt nicht nur zu mir herüber, er kommt auch auf mich zu, reicht mir die Hand und flüstert ein Hallo. Eine Weile stehen wir schweigend beieinander, dann drücken wir uns an den Betenden vorbei, verlassen den Platz und gehen ein Stück den Fluß hinauf.

B. redet mit leiser, angestrengter, aber äußerst pro-noncierter Stimme. Innere Unrast ist spürbar.

»Imponierend«? fragt er mit kritischem Unterton und meint dabei die Szene vor der Grotte. Dabei schweift sein Blick unruhig im Gelände umher. Wo-her es wohl komme, will er wissen, daß diese Leute dort scheinbar so mühelos aus ihrem doch wohl eher unchristlichen Lebensalltag in die Haut frommer Pil-ger fänden... Und: Ob Gottesglaube wohl auch ohne den Glauben an den »Hokuspokus des Wunders« und ohne »einen Bühnenzauber des Rituals« möglich sei? Wahrscheinlich, meint er, sei das nicht der Fall. Dann, sehr unvermittelt mit leiser, eindringlicher Stimme: »Was alles haben wir schon unternommen, um dort hinzugelangen, von wo wir glauben, daheim zu sein! Wir tappen durch das Leben wie durch ein dunkles Zimmer. Wir tasten uns an den Wänden ent-lang und suchen nach dem Ausgang ins Freie und schwören Stein und Bein, auf dem rechten Weg zu sein. Sind wir es? Wir waren es nie.«

Der Sultan, sagt B. (ich verstehe nicht gleich, von welchem Sultan hier die Rede ist), habe nach der »wahren Religion« gefragt, und zur Antwort habe man ihn »parabolisch abgespeist: ›Der echte Ring ver-mutlich ging verloren...‹ Aber hat es denn je einen echten gegeben?«

B., kein Zweifel, leidet, und das nicht nur an seiner Krankheit. Ist es wirklich jenes »Barabbas-Syndrom«, das mir schon im Zug, während unserer Reise hierher, in den Sinn gekommen war: Heimatlosigkeit, die Angst vor dem Verlorengehen im Nichts? Ich gehe neben ihm her, höre ihm zu und habe dabei das sonderbare Gefühl, daß der Mann nur zu sich selber spricht und sich von mir mit jedem Schritt, den wir tun, weiter entfernt.

Ich erinnere, bei einem katholischen Theologen der Gegenwart, Hans Küng, auf die Frage, was sich wohl im Leben eines Menschen ändern würde, wenn er in einem festen Glauben an Gott leben könnte, unter anderem die folgenden Antworten gelesen zu haben: Wenn Gott wirklich ist, heißt es in Küngs »Existiert Gott?« (1978),

– dann hätte die unendliche Sehnsucht des Menschen einen Sinn und ginge nicht ins Leere;
– dann wäre die uralte Hoffnung auf eine Nova Vitae, das utopische Omega, den erfüllten Augenblick begründet und auch eine Versöhnung von Mensch und Natur, Logos und Kosmos keine Illusion;
– dann wäre selbst alles unabwendbare Leiden, dann wären Unglück, Schmerz, Alter und Tod des einzelnen, aber auch das Eschaton der Langeweile in einer total verwalteten Welt doch nicht das Letzte, sondern könnten auf ein ganz anderes verweisen;
– dann würden Zeichen und Chiffren der Transzendenz, die Bedürfnisse nach Religion, die Frage nach dem Woher und Wohin nicht auf ein Nichts verweisen, sondern auf die wirklichste Wirklichkeit...

Seine Frage nach dem Dasein Gottes beantwortet Hans Küng mit einem mutigen Ja. Mein guter B. hingegen scheint seinen Kampf mit dem Drachen Unglaube längst verloren zu haben. Mir kommt, während ich ihn reden höre, noch einmal Zola in den Sinn. In dessen Lourdes-Roman hat der schon erwähnte Pierre (der übrigens ein Priester ist) den Glauben längst verloren; er ist »von der Qual gefoltert, nicht mehr glauben zu können«. Pierre beneidet die Leidenden, Betenden vor der Grotte: »Ach, wenn ich doch auch so viel zu leiden hätte, daß ich meine Vernunft zum Schweigen bringen, dort drüben hinknien und alles glauben könnte!« Aber es gelingt ihm nicht, diese »gefräßige Vernunft« zu unterdrücken; allen Anstrengungen zum Trotz scheint ihm sein »Kinderglaube« endgültig abhanden gekommen zu sein. Je länger er in Lourdes ist, um so weiter entfernt er sich von dem, was um ihn her geschieht; denn mehr und mehr gelingt es ihm, hinter die Dinge zu sehen:

»Lourdes war das leuchtende, unleugbare Beispiel, daß der Mensch vielleicht nie den Traum von einem höchsten Gott, der die Gleichheit herstellt und durch Wundertaten wieder glücklich macht, würde entbehren können. Wenn er das Unglück des Lebens bis zur Neige gekostet hat, so kehrt er zur göttlichen Täuschung zurück. Und hierin ruht der Ursprung aller Religionen, darin, daß der schwache und nackte Mensch nicht die Kraft hat, sein irdisches Elend ohne die ewige Lüge von einem Paradiese zu ertragen... Die Menschheit von ihrem Traume heilen, ihr mit Gewalt das Wunderbare entziehen, dessen sie ebenso nötig wie des Brotes zum Leben bedurfte, hieße sie vielleicht töten. Würde sie jemals den philosophischen Mut haben, das Leben so aufzufassen, wie es ist, es für sich selbst zu leben, ohne den Gedanken an künftige Belohnungen und Strafen?« Nur eine »neue Religion« konnte das zustande bringen, aber: »Es schien ihm, als würden Jahrhunderte vergehen, bevor die Gesellschaft vernünftig und anständig genug wäre, ohne die moralische Polizei irgendeines Kultus, ohne den Trost einer übermenschlichen Gleichheit und Gerechtigkeit leben zu können.« Zwar, findet Pierre, käme es einerseits einem »Verbrechen« gleich, »diesen an Körper und Seele Kranken den Traum ihres Himmels zu verschließen«. Man durfte die Leidenden, indem man ihnen ihren Glauben nahm, »nicht zur Verzweiflung bringen; man mußte Lourdes schonen, wie man die Lüge schont, die das Leben erleichtert«. Doch andererseits war es auch »feige und gefährlich, den Aberglauben am Leben zu lassen«. Ihn zu schonen, ihn gutzuheißen hieße nichts anderes, als »die schlechten Jahrhunderte« des religiösen Wahns aufs neue heraufzubeschwören...

B. und ich sind inzwischen bis zur Rosenkranzbasilika vorgedrungen. Wir stehen unter der Arkade, die sich von der Krypta über der Kirche bis hinunter zur Esplanade schwingt und deren Brüstung überlebensgroße Heiligenfiguren zieren. Die Kirchen in Lourdes, vor allem die Kirchen und Plätze des Heiligen Distrikts, sind voll von diesen Statuen, von Märtyrern und Kruzifixen. Katholizismus: eine Konfession der (Schreckens-)Bilder? Sieht man wohl im Kreuz noch jenes Instrument der Folter und der Hinrichtung, das es einst gewesen ist? Oder ist die hier zur Schau gestellte Barbarei endgültig in den Bereich einer pervertierten Sakralkunst entrückt?

»Die Augen«, sagt der Fuchs zum »Kleinen Prinzen«, »sind blind. Man muß mit dem Herzen suchen.« Andere Weltreligionen, soweit sie keinen orthodoxen Lehren oder Lehrern hörig sind, scheinen da einen Schritt weiter zu sein. Ist es voreilig zu prophezeien, daß eines Tages diese Götter- und Götzenbilder verschwunden sein werden wie jene von Apoll oder Aphrodite? Was wird an ihre Stelle treten? Andere Götter, Idole, bei denen Menschen für ihre »unendliche Sehnsucht« einen Ankerplatz suchen?

Etwas entfernt thront auf einer Säule die Statue der Gekrönten Madonna. Eben hat dort eine Pilgergruppe Blumensträuße niedergelegt; eine andere Gruppe versammelt sich vor der Himmelskönigin zum Fototermin: Himmelskönigin? »Wehe dem«, kommt es da von meiner Seite mit leisem, befremdlich klingendem Lachen, »der an der Oberfläche dieser Königin zu kratzen beginnt! Kürzlich war in einer französischen Zeitung zu lesen, daß man in den Pyrenäen unter der hellen Farbe einer christlichen Marienfigur eine Schwarze Madonna entdeckte: Isis mit dem kleinen Horus auf dem Schoß ... Isis! Man höre! Von soweit her kommen wir ...«

Wir gehen ein paar Schritte weiter, biegen schließlich nach links und betreten das Ärztebüro (Bureau Médical de Lourdes). Hier gibt es einen kleinen Ausstellungsraum, fünf mal sechs Meter, verglaste Türen anstelle von Fenstern, gekachelter Boden, an den Wänden beleuchtete Schaukästen mit Porträts von Menschen, die krank, oft sterbenskrank nach Lourdes gekommen sind und den Ort wundersamerweise gesund verlassen haben.

Die frühesten Bilder – es sind Zeichnungen und Fotos – stammen noch aus den Tagen Bernadettes. Die Anzahl der geheilten Frauen dominiert, was nicht erstaunen muß: Auch heute sind die Wartebänke vor dem Damenabteil der Tauchbecken nahe der Grotte stets gut besetzt, die vor dem Herrenabteil aber so gut wie leer. Wen wundert es, wenn da die Heilige Jungfrau dem weiblichen Geschlecht bevorzugt ihre Gunst erweist...

Ausführliche Krankenberichte, in sechs Sprachen verfaßt von einem Ärztekomitee, geben Auskunft über ein Ereignis, das die Gläubigen in Dankbarkeit und Ehrfurcht »Wunder« nennen. Zwischen 1858 und 1976 sind es 65 anerkannte Fälle. Dabei ist von runden 2500 »nachgewiesenen Heilungen« die Rede, die, obzwar nicht als Wunder anerkannt, doch »nach ärztlicher Untersuchung als außergewöhnlich oder unerklärlich bezeichnet werden«. Als sichtbarer Beleg für die Heilkraft der Quelle von Massabielle ist – makaber, aber eindrucksvoll – der geheilte linke Beinknochen des Pierre de Rudder von 1875 in einem Glaskasten zur Schau gestellt.

Die Kirche macht es sich indes nicht leicht mit der Anerkennung dessen, was ein Wunder ist, was nicht. Erst dann, wenn eine internationale Gruppe von Medizinern der verschiedensten Fachbereiche die Heilungsberichte noch einmal unter ihre wissenschaftliche Lupe genommen hat, anerkennt auch sie eine mit den Mitteln der heutigen Wissenschaft nicht mehr zu erklärende Genesung als »Großes Katholisches Wunder«. Die Kriterien dieser Auslese (siehe unten) sind streng, die Zahl der anerkannten Wunder mithin – gemessen an der Zahl der »nachgewiesenen Heilungen« – gering.

Die meisten Fälle der Genesung von körperlichen oder seelischen Gebrechen gelangen freilich, da eher unspektakulär, erst gar nicht vor das Ärztetribunal.

Votivtafeln, mit denen die Wände der Kirchen im Heiligen Bezirk bis zu den Decken hinauf verkleidet sind, sprechen eine deutliche Sprache:

»Merci.«

»Amour. Reconnaisance à Marie.«

»Merci ma bonne mère.«

Oder auch in deutsch:

»Dank für Hilfe im Examen.«

Ich gehe von Bild zu Bild, studiere ausführlich einige der beschriebenen Fälle. B. steht mit angewinkelten Armen, schräg verrenktem Kopf und vorgebeugtem Rumpf in der Mitte des Raums. Nur flüchtig sieht er sich um, ohne auch nur einen Schritt an die Exponate heranzutreten.

Leise, noch leiser als sonst, beginnt er nach einer Weile vor sich hinzumurmeln. Fragend sehe ich ihn an und gehe, um ihn besser verstehen zu können, zwei Schritte auf ihn zu. Als ich vor ihm stehe, faßt er mich mit zitternder Hand am Arm. Seine Augen sehen ins Leere.

»Pascal...«, höre ich ihn sagen. »Das Feuer des 23. November... Es ist längst erloschen.«

Danach dreht er sich um und geht mit kleinen Schritten, nur mühsam das Gleichgewicht haltend, zur Tür.

Kurz darauf ist er verschwunden.

*

Das Elend der Gebrechlichkeit: Hier in Lourdes ist es wie an nur wenigen anderen Orten tagtäglich mitzuerleben, mitzuleiden. In langen Kolonnen werden die Kranken auf ihren Liegen und Rollstühlen zu den Gottesdiensten oder zur Grotte geschoben. Hin und wieder geschieht es dann tatsächlich, daß Menschen mit seelischen Erkrankungen oder (nach medizinischen Begriffen) unheilbaren Leiden wie Blindheit oder bösartigen Tumoren auf Dauer genesen. Unsere Liebe Frau von Massabielle nimmt sich aller menschlichen Gebrechen an. Dabei erfolgen die Heilungen nicht etwa nur durch den Genuß des Wassers, das, wie erwähnt, nachgewiesenermaßen keine therapeutischen Eigenschaften hat; auch in den Bädern gesunden die Menschen, bei den Prozessionen oder während der Messen. Einige haben schon während ihrer Anreise nach Lourdes oder auf dem Weg zurück in die Heimat Linderung oder gar Heilung erfahren.

»Das Gebet«, so heißt es in L. Mondens 1962 erschienener »Theologie des Wunders«, einem Buch, das sich sehr ausführlich mit den wundersamen Vorgängen in Lourdes befaßt, »ist der einzige, unverändert konstante Faktor, den wir bei jeder Heilung, bei jedem Wunder antreffen.« Und weiter: »Nach den Urteilen von Wissenschaftlern, die sich mit den Heilungsvorgängen befaßt haben, offenbaren sie eine erstaunliche Ehrfurcht vor den Gesetzlichkeiten des natürlichen Genesungsvorgangs.« Denn alle Heilungen, so wird versichert, ereigneten sich im Rahmen eines natürlichen, nur eben sehr beschleunigten Vorgangs.

Das klingt unwahrscheinlich. Und doch fehlt es nicht an (auch kritischen) Zeugen für dieses Wundergeschehen in Lourdes. Bei Emile Zola, der in seinem Buch über mehrere spontane Heilungen berichtet hat und selbst Zeuge eines solchen Vorgangs gewesen ist,

treten »die Kranken und die Pilger ein in das Zauber-
land der Wunder, wo das Unmögliche sich verwirklicht, wo man gemächlich von Wunder zu Wunder
schreitet...« Auch wenn man in Lourdes vielleicht
nicht ganz so »gemächlich« Zeichen und Wunder erleben kann, so ist doch wahr, daß sich zumindest gelegentlich dort das »Unmögliche verwirklicht« hat.
Als herausragender Zeuge hierfür gilt der französische Chirurg Alexis Carrel, der 1912 den Nobelpreis
für Medizin erhalten hat. In seinem Buch »Der
Mensch, das unbekannte Wesen« bekennt er:

»Ich glaube an wunderbare Heilungen. Verstehen
kann ich das nicht, aber bezweifeln kann ich es auch
nicht, was ich mit eigenen Augen gesehen habe. Ein
krebsartiges Geschwür an der Hand eines Arbeiters
schrumpfte vor meinen Augen zu einer kleinen Nar-
be zusammen.«

Sagten wir, daß sich Unsere Liebe Frau von Massabielle aller menschlichen Gebrechen annimmt?
Nun, nicht gerade aller, aber doch der meisten. Einer
Studie des Mediziners L. Schleyer zufolge, der eine
kritische Untersuchung jener »wunderbaren Heilungen« versuchte (»Die Heilungen von Lourdes«, 1949),
stand in früheren Jahrzehnten, also bis zur Einführung von Antibiotika im humanmedizinischen Bereich, die Lungentuberkulose an erster Stelle. Es folgen Krankheiten wie die des Verdauungstraktes,
Hirnkrankheiten, Rheumatismus, Gelenkleiden, Au-
genkrankheiten, Knochenleiden, Geschwülste, Hals-,
Nasen-, Ohrenkrankheiten. Auch Schleyer stellt
fest, daß in Lourdes eher Frauen Heilung finden als
Männer – ihr Draht zur allerseligsten Jungfrau

scheint in der Tat effizienter installiert zu sein; das Verhältnis der Geschlechter lag zur Zeit der Schleyerschen Untersuchung bei etwa 1:4.

Eine erste Dokumentation über das Lourder Heilsgeschehen legte schon jener Arzt Dozous vor, der Bernadette während der Erscheinungen in der Grotte beobachten konnte. Etwas später sammelte dann der erste Präsident des Ärztebüros von Lourdes, G. Boissarie, Krankengeschichten und fügte den Berichten über extramedikale Heilungen sogar Bilder bei – Patientenfotos, die vor und nach der wunderbaren Genesung aufgenommen worden waren. Unter 2000 Heilungen registrierte er immerhin 62 anerkannte »Wunder«.

»Nimm und lies!«, so überschreibt ein anderer Präsident des Ärztebüros seine Heilungsberichte, der Mediziner A. Olivieri (»Gibt es noch Wunder in Lourdes?«, 1973). Ausführlich beschreibt er dort den Fall der Thea Angele und späteren Nonne Maria-Mercedes, die seit 1944 an Multipler Sklerose litt und im Mai 1950 in Lourdes von ihrer Krankheit genas. Die Heilung wurde 1961 von der Kirche als Wunder anerkannt.

Thea Angele war mit dem deutschen Pilgerzug »Pax Christi« angereist. »Menschlich gesprochen«, so heißt es in dem Bericht, »war sie ein Wrack; bei der Ankunft spendete man ihr die Sterbesakramente. Die Multiple Sklerose, an der sie litt, war in ihr Endstadium getreten. Beim Bad am Vormittag des 20. Mai in den Piscinen gewann sie das Bewußtsein wieder und konnte von da ab alles essen und trinken. Die Heilung der gelähmten Arme und Beine erfolgte am Nachmittag desselben Tages bei der Sakramentsprozession...«

Die bei dem Geschehen anwesende Pilgerbegleit-
ärztin Wimmer schildert den Vorgang dieser Heilung
detailliert; ihr Bericht sei im Originaltext – stellver-
tretend für viele andere und ähnlich lautende – hier
beigefügt.

»Am Freitag, dem 19. Mai, brachten wir sie [Thea
Angele] zum zweitenmal ins Bad. Im Anschluß daran
war die Schlucklähmung verschwunden; die Kranke
konnte Zitronen- und Orangenwasser schlucken und
behielt auch die Getränke bei sich. Ein drittes Bad am
Nachmittag des 19. Mai brachte bereits völlige
Schmerzfreiheit, die dann auch anhielt. Am Samstag,
dem 20. Mai, bekam sie das vierte Bad. Den größten
Eindruck machte auf mich der Vorgang, der sich nach
dem Herausheben aus dem Bade abspielte: Sie drehte
lächelnd den bis dahin meist in verkrampfter Stellung
gehaltenen Kopf mir zu, die Gesichtszüge waren ent-
spannt und gehorchten wieder dem mimischen Ge-
sichtsspiel. Dann öffnete sie den Mund, ich hörte sie
zum erstenmal in ihrer württembergischen Mundart
sprechen: ›Fräulein Doktor, jetzt kann ich wieder alles
sagen. Und ich habe einen fürchterlichen Hunger.‹ Ich
riet ihr, nur kein Aufsehen zu machen, wenn wir das
Bad verließen, was sie als ihren eigenen Wunsch leb-
haft versprach. Dies war mir ein Zeichen, daß das
Mädchen nicht Theater spielte und psychisch normal
war ... Bei der Ankunft im Asyl wurde gerade das Mit-
tagessen ausgeteilt. Thea erhielt erst Tee mit Zwieback. Da sie immer wieder beteuerte, sie habe einen
schrecklichen Hunger, erhielt sie dann Fleischbrühe.
Und trotz meines Widerstrebens genoß sie darauf
noch Fleisch und Gemüse mit bestem Appetit und

ohne jegliche Beschwerde. Zuletzt gaben wir ihr noch Obstsalat, bestehend aus Bananen, Orangen, geriebenem Zwieback und reinem Meßwein. Am Samstag, dem 20. Mai, nachmittags brachten wir sie zur Sakramentsprozession. Ihre Freundin und die Krankenschwester standen hinter der Kranken. Nach Beendigung der Prozession holte mich die Krankenschwester sofort zu Thea und sagte, sie könne den linken Arm bewegen.«

Fälle wie den der Thea Angele wurden im hierfür eigens gegründeten »Ärztebüro« überprüft und dokumentiert. Zu dem seit 1882 bestehenden Büro hat jeder anreisende Arzt, gleich welcher Konfession er angehört, freien Zutritt.

»Nach einer Heilung«, schreibt der Insider Olivieri, »wird der Geheilte dem Ärztebüro vorgestellt. Die gerade in Lourdes anwesenden Ärzte werden über Zeit und Stunde der Untersuchung unterrichtet... Zu Beginn der Untersuchung wird ein Berichterstatter ernannt. Ist das Untersuchungsergebnis schriftlich niedergelegt und von den daran beteiligten Ärzten – meist etwa zwanzig – unterschrieben, werden die Ärzte um Antwort auf folgende Fragen gebeten:

1. Bestand die in den Bescheinigungen angegebene Krankheit noch mit Sicherheit beim Antritt der Wallfahrt nach Lourdes?

2. Ist ein plötzlicher Stillstand der Krankheit eingetreten, obwohl vorher keine Tendenz zu einer Besserung bestand?

3. Liegt eine Heilung vor? Hat sie ohne Anwendung von Medikamenten stattgefunden?

4. Liegt ein Grund vor, die Entscheidung darüber aufzuschieben?
5. Kann möglicherweise eine medizinische Erklärung für diese Heilung gegeben werden?
6. Geht sie über die Naturgesetze hinaus?«

Viel präziser, sollte man meinen, läßt sich nicht fragen, wenn es um eine zutreffende Antwort auf die Frage nach der »wunderbaren Heilung« eines bestimmten Falles geht. Legt die Beantwortung der vor allem beiden letzten Fragen den Wundercharakter einer erfolgten Genesung nah, dann werden in den darauf folgenden Jahren zusätzliche Untersuchungen vorgenommen – der Fall gilt nicht als abgeschlossen: »Nach einem Jahr«, so noch einmal Olivieri, »müssen wir die geheilte Person erneut untersuchen, meist noch in den folgenden Jahren, um durch die Zeit-Probe zur Gewißheit einer definitiven Heilung zu gelangen. So ist bei Krebs ein Abwarten von vier bis fünf Jahren unerläßlich.«

Die in Lourdes erstellten Berichte werden zu einer »zweiten Untersuchungsinstanz« an das Internationale Medizinische Komitee in Paris weitergegeben. Erst dessen Urteil entscheidet darüber, ob die Kirche eine Heilung als »Wunderheilung« ansieht und schließlich auch als solche anerkennt. Im Fall der Thea Angele ist das im Jahr 1961 geschehen – ihre Genesung hatte Bestand: »Noch heute – 23 Jahre nach ihrer wunderbaren Heilung – ist sie ganz gesund« (Olivieri).

Inzwischen geht die Zahl der anerkannten Wunderheilungen in Lourdes zurück. In den Jahren 1990–1993, so berichtet der derzeitige Leiter des Ärztebüros, Roger Pilon, habe er nur fünf Untersuchungen entsprechender Fälle eingeleitet; etwa 40 weitere Meldungen über wundersame Genesungen hätten keine weitere Nachforschung gerechtfertigt.

Gibt es mithin »noch Wunder in Lourdes«? Folgt man den Berichten von Medizinern und Autoren wie den Präsidenten des Lourder Ärztebüros, so ist die Antwort ein eindeutiges Ja. Dennoch scheint die Sache nicht ganz so eindeutig zu sein. Die Frage nämlich, ob es »noch« Heilungswunder in Lourdes gebe, hat in gewissen Medizinerkreisen schon vor vielen Jahren eine grundsätzliche Frage auf den Plan gerufen:

Hat es dort je welche gegeben?

VIERTES KAPITEL
Das Feuer

Wir brennen vor Verlangen, einen
festen Boden zu finden, und einen
letzten beständigen Grund, um darauf
einen Turm zu bauen, der sich zum
Unendlichen erhebt. Aber unser ganzes
Fundament bricht zusammen, und die
Erde öffnet sich bis zu den Abgründen.

Pascal: »Gedanken«

10

Ein Engel, lebensgroß und auch sonst von unübersehbarer Plastizität, weist mit anmutiger Handbewegung den Weg. Wir folgen.

Der Kreuzweg im Heiligen Distrikt beginnt gleich neben der Oberen Basilika. Er führt erst über, dann um den Grottenfelsen Massabielle, ist steil und nicht gemacht für fußfaule Pilger. In Windungen geht es den Berg hinauf. Ganz ungefährlich scheint das nicht zu sein: Anno 1931 starb hier »notre mère, bien-aimee«, wie eine Gedenktafel am Wegesrand erinnert. Wer es schafft, den Gipfel, die XII. Station, zu erreichen, hat eine kleine sportliche Leistung vollbracht. An besonders kritischen Stellen gibt es rechts und links des Weges ein Geländer. Rote-Kreuz-Boxen, mit Telefon versehen, sorgen vor.

Der Leidensweg des Herrn, von Lindenbäumen überschattet, ist in bronzefarbenen, dem Leben nachempfundenen Figuren dagestellt. Eine Pilgergruppe junger Leute, Mongoloide, die dem Zungenschlag nach aus Australien angereist ist, steht ehrfürchtig vor der IX. Station: »Jesus fällt zum dritten Mal unter dem Kreuz«. Eine mitleidvolle Seele hat dem gefallenen Gottessohn einen Strauß bunter Nelken unter die aufgestützten Arme geschoben. Der Leiter der Gruppe weist auf das grimmige Gesicht eines römischen Soldaten: »Seht euch das an«, sagt er. »Seht euch das an, und ihr vergeßt, daß es zweitausend Jahre her ist.« Gewiß, Folter und Tod: eine zeitlose Misere.

Was uns betrifft, unser Grüppchen, das vorrangig aus Damen besteht, so sind wir diesmal nicht zum Beten hergekommen – touristisches Interesse herrscht vor. Man hat die religiösen Pflichten hinter sich gebracht, hat in aller Herrgottsfrühe, es war noch dämmrig und kühl, die Messe besucht und auf dem kleinen Kreuzweg am Ufer des Gave an einem Bittgang für und mit den Kranken teilgenommen sowie vor der Grotte seinen Rosenkranz (wie es im Rheingau heißt:) »geknubbelt«. Jetzt genießt man ein paar freie Stunden. Glockengeläut im Rücken, sehen wir ins Tal hinunter, hinunter auf den Heiligen Bezirk sowie in Richtung Osten auf die mittelalterliche Burg hoch oben auf dem Felsen über der Stadt. Die Aussicht ist einzig und lohnt den beschwerlichen Aufstieg. Auch das Wetter spielt mit. Seit vor zwei Tagen die letzten grauen Schleier abgezogen sind, steht die Sonne von ihrem Auf- bis Untergang an einem wolkenlosen Himmel.

Unsere Damen haben vorgesorgt, sie sind auf Sonne eingestellt. Neben eher dezenten (Originalton:) »Pilgerklamotten« gibt es in ihrem Reisegepäck auch Legeres, Sommerlich-Leichtes: bunte Blusen und Röcke, Hosen weniger: »Man wußt' ja nit, ob sich das hier so schickt…«. Und bequemes Schuhwerk, das vor allem. »Bequeme Schuh sin ja so wichtisch hier. Jeden Tag den Felse rauf un widder runner…«

Die Stimmung ist prächtig. Wir haben inzwischen den Kreuzweg hinter uns gebracht und wandern ein Stück des Höhenwegs entlang, der Route de la Forêt. Eine alte Wahrheit kommt zu ihrem Recht: Wo immer du bist, du hast dich selber im Gepäck. In unserem Fall ist auch die Heimat mitgereist. Wieder und wieder hört man Geschichten von »dahaam« – Geschichten wie jene vom kostbaren Rebengelände, das als Bauland verscherbelt und vom Geldadel der

Rhein-Main-Region, von »Leut mit Mäus«, bebaut, besiedelt worden war. Aber schon bald – so der Bericht aus dem Rheingau – habe sich gezeigt, daß es mit dem Adel, soweit es dessen Mäuse betraf, nicht allzuweit hergewesen war und der Mann mit dem Kuckuck reichlich zu tun bekam. Daraufhin habe man das Viertel »Känguruhviertel« getauft: »Große Sprüng un nix im Beutel...«

Ja, die Stimmung ist vorzüglich. Menschliches Elend, dem man hier auf Schritt und Tritt begegnet, wird bei allem Frohsinn nicht vergessen. Gerade heute morgen hat man den Entschluß gefaßt, auch einmal praktisch Hand anzulegen. Die Damen und Herren Ritter vom Malteser Orden, zuständig für die Betreuung der Schwerkranken im Hospiz, haben um Unterstützung gebeten. Gesucht werden Pilgersleute, die die Kranken und Behinderten in ihren Rollstühlen oder Wägelchen zur Grotte, zur Messe und Lichterprozession begleiten. Keine Frage, Solidarität mit dem Elend dieser Welt wird in unserer Runde großgeschrieben. »Ei, Sie kommen doch mit?« Freilich komme ich mit. Schließlich sind wir nicht nur zum Knubbeln unserer Rosenkränze hier.

Unterwegs, schon auf dem Heimgang, stößt unser Grüppchen auf bekannte Gesichter – unter ihnen auch B. mit seiner »Mamma«. Inzwischen ist bekannt geworden, daß es bei dem jungen Mann, der lediglich auf Drängen seiner Mutter nach Lourdes gekommen ist, ein wenig am rechten Pilgergeist fehlt.

Große Begrüßung, großes Hallo; man hat sich schließlich ein paar Stunden nicht gesehen.

»Ei, wo kommt ihr denn her?«

»Wir haben das Große Katholische Wunder gesucht«, sagt da B. mit Flüsterstimme, tupft sich mit
einem Tuch den Speichel von den Lippen und fragt
dann mit flackernden Augen: »Ist es euch schon begegnet?« –

Für morgen, unseren vorletzten Tag, verabreden
wir einen gemeinsamen Besuch der Lourder Burg und
ihres Pyrenäen-Museums.

11 Das geflügelte Wort vom Wunder als des Glaubens liebstes Kind gilt gemeinhin als poetische Umschreibung eines Tatbestands. Wie aber, wenn dieses Kind nur eine Schimäre ist? Oder gibt (und gab) es Wunder wirklich – auch in Lourdes? Wenn ja, welchen Anteil hat der Glaube an ihrem Zustandekommen, und – last but not least – wie relevant sind *sie* für den Glauben?

Eine Antwort auf die Frage nach der Relevanz des Wunders für den Glauben hat schon der Franzose Blaise Pascal vor mehr als dreihundert Jahren gegeben. Pascal (von dem Freund B. im Ausstellungsraum des Ärztebüros auf so rätselhafte Weise sprach) glaubte an »eine Wirkung, die über die natürliche Kraft der Mittel, die man anwendet, hinausgeht«. Für ihn bewiesen Wunder die Allmacht eines Schöpfergottes.

Pascal (1623–1662) war ein Mann des Barock, also jener Zeit, in der die menschliche Vernunft schon als »mündig« galt. Darüber hinaus war er ein Physiker und Mathematiker von Gottes Gnaden und tief religiös. Eine Universität hat er nie besucht. Sein Vater, ein gebildeter und reicher Mann, hatte ihn schon im Kindesalter mit dem Wissen seiner Zeit vertraut gemacht.

Von früh auf interessierten Pascal wissenschaftliche Fragestellungen, die anderen unlösbar schienen. Als Sechzehnjähriger schrieb er eine vielgerühmte »Abhandlung über den Kegelschnitt«; später erfand er eine Rechenmaschine und erarbeitete die Grundlagen der Wahrscheinlichkeitsrechnung. Die Türen der ersten Pariser Salons standen ihm offen, er pflegte gesellschaftlichen Umgang mit »Libertins«, mit Leuten also, denen dem Zeitgeist der gebildeten Schichten entsprechend Religion wenig oder nichts bedeutete.

In Pascals Tagen galt als Ideal der Erkenntnis die Mathematik; ihre Methoden der Beweisführung suchte man allen anderen Wissenschaften, so auch der Philosophie, unterzulegen. Sie war der Maßstab der Wahrheit schlechthin. Was sich nicht messen, wägen, rechnen ließ, erregte den Verdacht der Falschheit. (Den Schlußstein dieser Geisteshaltung, die mit »Aufklärung« umschrieben wird, setzte Immanuel Kant, indem er mit seiner »Kritik der reinen Vernunft« eine Antwort auf die Frage gab: Wie ist Metaphysik als Wissenschaft möglich?) Natur stand über allem, regelte alles, bewirkte alles. Gott, der lediglich den ersten Anstoß gegeben hatte, war für den Freigeist des Barock zu einer überflüssigen Institution geworden.

Nicht so für Pascal. Ihn füllte das weltbezogene Denken, das nüchterne Handwerk des der Logik verpflichteten Wissenschaftlers nicht aus. Seine Seele hungerte nach Transzendenz, ihn bewegte die »Sehnsucht des Herzens«, und sie bestimmte ihn, eigene Wege zu gehen. Die letzten Jahre seines Lebens verbrachte er aus freiem Entschluß in der Gemeinschaft von Ordensleuten (ohne freilich der großen Welt völlig zu entsagen) und bat um ein Armenbegräbnis.

Ist es richtig, Pascal einen Philosophen zu nennen? Ein eigenes philosophisches System, auf dem sich eine Schule gründen ließ, hat er nicht entwickelt. Wohl aber hinterließ er etwas anderes: seine Auseinandersetzung mit der Welt des Denkens, der Vernunft auf der einen, und jener scheinbar so konträren Welt des Glaubens auf der anderen Seite. Nach seinem Tod fanden sich in einem Wust ungeordneter Papiere seine »Pensées« – Gedankensplitter eines genialen Menschen, der jedoch, wie eben alle anderen auch, nur »ein Schilfrohr, das schwächste der Natur, aber ein denkendes« gewesen ist.

Hier nun beginnt die eigentliche Geschichte um Blaise Pascal, das, was ihn über seine Zeit hinaus bis in die Gegenwart hinein »aktuell« erscheinen und ihn zum Bruder jener werden läßt, deren Herzen, mit Augustinus' Worten, »ruhelos sind, bis sie Ruhe finden in Ihm«.

»Wir brennen«, heißt es in seinen »Gedanken«, »vor Verlangen, einen festen Boden zu finden und einen letzten beständigen Grund, um darauf einen Turm zu bauen, der sich zum Unendlichen erhebt. Aber unser ganzes Fundament bricht zusammen, und die Erde öffnet sich bis zu den Abgründen.«

Pascals Sicht zufolge befand sich die Menschheit in einer mißlichen, einer verzweifelten Lage. »Wie ich nicht weiß, woher ich komme, weiß ich auch nicht, wohin ich gehe. Ich weiß nur, daß ich beim Verlassen dieser Welt für immer entweder in das Nichts oder in die Hände eines erzürnten Gottes fallen werde, ohne zu wissen, welche dieser beiden Möglichkeiten auf immer mein Teil sein muß. Das also ist meine Situation, voll der Schwäche und Ungewißheit.« Zugleich aber ließ diese »Situation« den Menschen in Pascals Augen heroisch-groß erscheinen: »Gerade all dieses Elend beweist seine Größe. Es ist das Elend eines großen Herrn. Das Elend eines entthronten Königs.«

Gab es einen Weg aus der Misere, oder war auch nur ein solcher denkbar? Für Pascal gab es ihn. Von Kindesbeinen an war da eine Ahnung, ein unbestimmtes Etwas, das seinen Geist beschäftigte, erfüllte und ihm in seinen letzten Lebensjahren schließlich zur Gewißheit wurde: »Demütige dich, ohnmächtige Vernunft. Schweige, armselige Natur. Lerne, daß der Mensch den Menschen unendlich übersteigt, und vernimm von deinem Meister deinen wahren Zustand, den du nicht kennst. Höre auf Gott!«

Höre auf Gott! Hier macht Pascal den entscheidenden Schritt in seinem Leben, den Schritt aus dem Gefühl der »Ungewißheit« und Ohnmacht des »entthronten Königs« zur Gewißheit im Glauben, zur Geborgenheit in Gott. Zugleich aber ist Pascals Weg ein Beispiel dafür, wie sich ein gescheiter Mann in einen Glaubenswahn verrennen und von einem religiösen Unfug in den andern stolpern kann.

Die Verteidigung seines christlichen Glaubens, des Glaubens an Jesus als den Gottessohn, gewinnt bei Pascal bizarre Züge.

Natürlich kennt er als ein Mann der Wissenschaft den Wert des rationalen Denkens. Doch hier, in dieser Glaubenssache, ist »nichts so sehr der Vernunft gemäß als die Verleugnung der Vernunft«. Die Forderung, Wissen und Glauben als zwei verschiedene Dinge zu betrachten, sie zu trennen, auseinanderzuhalten und sich der Grenzen seines Erkenntnisvermögens klar bewußt zu sein, ist natürlich sehr vernünftig: »Der letzte Schritt der Vernunft ist anzuerkennen, daß es unendlich viele Dinge gibt, die über sie hinausgehen. Sie ist nur schwach, wenn sie nicht so weit

Blaise Pascal: »Demütige dich, ohnmächtige Vernunft.«

geht, dies zuzugeben.« Daß aber auch zum Glauben, wenn er denn bestehen soll, ein gerüttelt Maß an Vernunft gehört, scheint Pascal zu verdrängen: »Wenn die natürlichen Dinge schon über sie [die Vernunft] hinausgehen sollen, was wird man dann von den übernatürlichen sagen?«

Die »übernatürlichen«: Um sie ist es vor allem (und über allem) Pascal zu tun; sie gilt es, als ein real Existierendes vor der kritischen Vernunft in Sicherheit zu bringen. Es sind dies sein Glaube an die Heilige Schrift als »Quelle der Wahrheit«, an »Prophezeiung und Erfüllung«, an »Auferstehung«, an »die Falschheit der anderen Religionen«, an den »Heiland unseres Elends« oder die »Jungfräulichkeit der Heiligen Jungfrau«... Du mußt, predigt er, aufhören, vernünftig sein zu wollen. Nur dann wird dir jene »einzige Religion« zuteil, »die immer Bestand hat«: eine Religion, die »gegen die Natur, gegen den gesunden Menschenverstand, gegen unsere Vergnügungen... immer bestanden hat«.

Auch gegen die Natur? Ja, auch gegen sie. Die Verunglimpfung der Natur als etwas, das dem Seelenheil des Menschen entgegenwirkt, das ihn nach unten zieht anstatt hinauf und nur ein Nährboden der Sünde ist, hatte im Christentum von jeher Konjunktur. Daß Pascal dennoch nicht allzu viele Sottisen gegen sie zu Papier gebracht hat, ist dankbar zu vermerken: Eine in seinen »Gedanken« vorgesehene Rubrik »Die Natur ist verderbt« blieb leer.

Woher nun dieser Eifer, dieses scheinbar unbeirrte Festhalten an dem, was der Vernunft entgegensteht?

Blaise Pascal hat sich in der Welt umgesehen, und

115

was er dort entdeckte, waren vor allem das Leiden, das Sterben, die Einsamkeit des Sterbens. »Wir werden alleine sterben«, heißt es in seinen »Gedanken«. Sehr genau sieht er, was den Menschen elend macht. »Wenn unsere Lage wirklich glücklich wäre, müßten wir unsere Gedanken nicht durch Zerstreuungen davon ablenken.« Und deutlicher: »Der letzte Akt ist blutig, so schön die Komödie auch in allem übrigen sein mag. Schließlich wirft man uns Erde aufs Haupt, und das ist für immer.«

Für immer. Dieses »für immer« hat von je den Menschen entsetzt, es ist alt wie seine Seele, die sich ihrer selbst bewußt geworden ist. In Ägypten fanden und entzifferten Archäologen ein in Stein gemeißeltes Lied eines Harfners. Es ist viertausend Jahre alt und mag in noch einmal viertausend Jahren (falls Alter und Tod bis dahin nicht abgeschafft sind) noch genau so frisch, so aktuell wie heute sein:

»Der Leib vergeht und schwindet dahin,
während andere bleiben – so ist es seit
den Tagen der Ahnen.
Die einst Häuser bauten..., was ist aus ihnen
geworden?
Ich habe die Worte des Imhotep und Hardedef
gehört,
deren Sprüche weit berühmt sind –
doch wo sind ihre Stätten?
Ihre Mauern sind zerfallen... als wären sie nie
gewesen.
Niemand kommt wieder von dort,
daß er uns erzähle, wie es ihnen ergeht,
daß er unsere Herzen beruhige,

bis auch wir zu dem Orte abscheiden,
zu dem sie gegangen sind. –
Ermuntere dein Herz, es zu vergessen,
laß es an Nützliches denken.
Folge deinem Wunsch, dieweil du lebst,
lege Myrrhen auf dein Haupt,
kleide dich in feines Linnen,
getränkt mit köstlichen Wohlgerüchen...
Denn siehe, niemand nimmt seine Güter
mit sich,
und noch keiner kehrte zurück, der dorthin
gegangen ist.«

Ob freilich Myrrhen und Linnen oder auch nur die
Hektik, die Betriebsamkeit des Alltags geeignete Mittel sind, »zu vergessen« und glücklich zu werden, ist
fraglich. »Alles Unglück der Menschen«, weiß Pascal,
»kommt nur daher, daß sie unfähig sind, in Ruhe allein in einem Zimmer zu bleiben«... Gewiß, die
Angst vor den »Abgründen«, vor dem ewigen Verlo-
rensein, läßt sich auf Dauer nicht verdrängen, überwinden. »Wir tappen durchs Leben wie durch ein
dunkles Zimmer«, murmelte B. auf dem Weg entlang
des Gave im Heiligen Bezirk, »und suchen nach der
Tür ins Freie...« So ist es. Denn dort, bilden wir uns
ein, werden uns endlich Erlösung vom Leiden und
ewiges Leben zuteil.

Vor allem Letzteres. Es kann, es darf, so insistieren
wir, die Spur von unseren Erdentagen nicht in Äonen
untergehn. Vom Bau der Pyramiden über den Un-
sterblichkeitswahn der schreibenden, tonsetzenden,
bildenden Künstler bis hin zu den wunderlichen Ab-
straktionen der Theologenzunft: Nichts ist uns zu ba-

nal, zu vorgestrig, zu unvernünftig, um uns in unserem Wunsch nach ewigem Leben, nach ewigem Glück bestärken zu lassen. So drehen wir unsere Pirouetten, bis uns das klare Denken endgültig abhanden gekommen ist, und übergeben uns willig den Rattenfängern, den Windbeuteln und Phantasten, um den Gedanken an die simple Wahrheit zu verdrängen: den, daß wir allein und sterblich sind.

Auch Pascal sucht, dieser Einsicht, diesem Schrecken namens »Endlichkeit« zu entkommen. Und das Wunder geschieht, er entkommt. Im »Jahr der Gnade«, wie er später vermerkt, am 23. November 1654, wird ihm die Glaubensgewißheit geschenkt. Der Geist kommt über ihn. Auf einem Streifen Pergament, den er, ins Mantelfutter eingenäht, von nun an immer bei sich trägt, hält er fest, was ihm zur nächtlichen Stunde widerfahren ist: Ein Feuer – FEU – hat sich seiner bemächtigt, sich in seine Seele eingebrannt, das Feuer der Gewißheit: Gott ist!

Entgegen aller Vernunft, entgegen aller Logik, deren er sich doch als Physiker, als Mathematiker so glänzend zu bedienen weiß, verficht Pascal von dieser Stunde an, was für ihn über aller Vernunft, über aller Logik steht: den Glauben an den christlichen dreieinigen Gott sowie »des Glaubens liebstes Kind«, das Wunder. Für ihn ist letzteres ein Beweis für die Richtigkeit des Glaubens, es »bestätigt« ihn. Eine andere Meinung läßt er neben seiner eigenen nicht gelten – Toleranz, Duldsamkeit sind nicht länger seine Sache:

»Wie ich jene hasse«, schreibt er, »welche die Zweifler an den Wundern spielen. Die Wunder und die Wahrheit sind notwendig, weil man den ganzen

Menschen mit Leib und Seele überzeugen muß.« Schließlich werden sie für ihn zu einem schlechthin Unverzichtbaren: »Die drei Kennzeichen der Religion: Beständigkeit, guter Lebenswandel, Wunder.« Sein Fazit: »Die Wunder stützen die Religion.«

So einfach also sieht Pascals Antwort auf die Frage nach der Bedeutung des Wunders für den Glauben aus. Daß bei dieser Sicht der Dinge Freiheit auf der Strecke bleibt (denn ein »erwiesener« Gott schränkte durch seine erdrückende Autorität die Möglichkeit des Menschen zur freien Willensentscheidung erheblich ein und machte damit Moral, die ja auf der Autonomie des Willens beruht, zunichte), scheint ihm nicht aufgegangen, ihn zumindest nicht gestört zu haben. Ob es freilich darüber hinaus gute Gründe gibt anzunehmen, daß Gott tatsächlich in den Ablauf des Geschehens eingreift, also »Wunder wirkt«, ist eine andere Frage. Mit ihr haben sich nicht nur Theologen, sondern auch und vor allem Naturwissenschaftler unserer Tage ausführlich beschäftigt.

12 Um die Antwort gleich vorwegzunehmen: Sie lautet schlicht und einfach Nein.

Gott, sagt die moderne Naturwissenschaft (und drückt sich mit gutem Grund um eine Auskunft, ob denn ein Schöpfergott »wirklich« existiere), greift ins Kausalgesetz nicht ein. Seit dem Urknall, dem Augenblick der Entstehung unseres Kosmos, so werden wir belehrt, rollt die Evolution eigendynamisch von Stufe zu Stufe immer höheren, immer komplexeren Daseinsformen entgegen, ohne daß es dabei eines göttlichen Eingriffs bedürfe. »Wunder« in Form übernatürlicher Ereignisse, so viel steht für die Wissenschaft fest, finden nicht statt, um die Welt auf ihrer Bahn voranzutreiben. Das Zusammenspiel von Materie und den ihr innewohnenden Naturgesetzen reicht aus, die Dinge auf schöpferische Weise in Bewegung zu halten.

Der Kosmos, der nicht stabil, nicht ein für allemal gefügt ist, ist in ständigem Wandel, in ständiger Fortentwicklung begriffen. Das Spiel, das diesen Wandel, diese Bewegung bewirkt, sind die Kräfte der Evolution. Schon Immanuel Kant wußte das vor mehr als zweihundert Jahren: »Gebt mir Materie, und ich mache euch daraus eine Welt«, sagte er, sehr zum Mißfallen orthodoxer Christen, für die die Schöpfungsgeschichte der Bibel dem Buchstaben nach Geltung hatte.

Wie aber ist das zugegangen, damals, vor Milliarden Jahren, als die Welt entstanden ist samt den Naturgesetzen, die sie in Bewegung halten? Spekulationen über das »Es werde...« stehen noch immer am Anfang unserer Nachforschungen, unseres Wissens. Fest steht, daß auf die kosmische Evolution, auf die Entstehung von Sonnen und Planeten, die biologische

Evolution, die Entstehung des Lebens und seiner vielfältigen Arten folgte. Dabei entwickelte diese ihr »Material« aus einer Urzelle heraus zu immer komplizierteren Strukturen der Flora und Fauna: Bestehendes paßte sich neuen Bedingungen an oder schied aus und schaffte Raum für neues Leben. »Mutation« und »Auslese« heißen die Mittel, die dies zustande brachten und noch immer bringen.

Kurz: Die Fortentwicklung des Seins, der unbelebten und belebten Natur, erfolgte und erfolgt nach festgefügten Gesetzen. Eingriffe »von oben« sind nicht nötig, das Rad in Schwung zu halten. Freilich sind längst nicht alle Fragen gelöst. Was war vor dem Urknall? Wer oder was hat den Funken der sich immer fort- und weiterzeugenden Entwicklung, sprich der Evolution, gezündet? Die Vermutung, daß es auch dabei »natürlich« zugegangen ist, steht gleichberechtigt neben dem Glauben, daß ein Schöpfergott die Welt in ihr Dasein rief.

Christliche Philosophen und Theologen geben sich indes nur ungern mit einer solchen Auskunft zufrieden. Der Versuchung, dem lieben Gott mittels der Physik auf die Schliche zu kommen und sich von ihr bestätigen zu lassen: Gott ist!, können sie nur schwer widerstehen.

Der Weg des modernen Menschen, insistieren sie, führe »über die Wissenschaft zu Gott« (so etwa Jean Guitton in: »Gott und die Wissenschaft«, 1993). Denn sie, die Wissenschaft, meint, dem Geist in der Materie auf die Spur gekommen zu sein. Das Universum, heißt es, habe ein Bewußtsein; alles, was wir denken, wahrnehmen können, sei nichts als eine

»ungeheuere, ständige Halluzination, die die Realität
mit einem undurchdringlichen Schleier verhüllt«.
Dahinter aber, hinter diesem Schleier, gebe es eine
»seltsame, *tiefe* Realität, eine Realität, die nicht aus
Materie« bestehe, sondern eben »aus Geist«. Dies, so
findet Guitton, sei doch »ein gewaltiger *Gedanke*,
den die neue Physik nach einem halben Jahrhundert
des Tastens zu begreifen beginnt und der die Träumer,
die wir sind, auffordert, die Nacht unserer Träume
mit einem anbrechenden Licht zu erleuchten«.

Daß die Dinge nicht sind, was sie scheinen, ist
eine alte philosophische Einsicht, und auch die Idee
vom »Geist in der Materie«, den die Physiker zu fassen suchen, ist keine Erfindung unserer Tage. Doch
ob es, wenn wir diesen Geist für »wirklich« halten,
darum hell in unserem Bewußtsein wird? Wie soll
uns der Glaube, vielleicht auch die Einsicht, daß das
Universum eine »geheime Nachricht in sich trägt«,
einen »Code«, den zu entziffern unser Schicksal ist,
hinwegtrösten über die bittere Realität der Katastrophen, des unverschuldeten *Leidens* in der Welt – jenen monströsen Unsinn dieses Seins, in das wir hineingesetzt, hinein*gezwungen* sind? Nur Glaubensa-
krobaten vom Schlage christlicher Theologen sind da
imstande, als Motiv der Schöpfung »die Liebe« zu
sehen.

Es ist nicht zu leugnen, daß mit zunehmender Zeit
der Glaube an die Wunder (oder was man dafür hält)
seltener geworden ist. Wo unsere Ahnen noch im
Donnergrollen die Stimme Gottes zu vernehmen
glaubten, reden wir Aufgeklärten über luftelektrische
Entladungen im Bereich einer Gewitterwolke. Unser

Weltbild ist ein anderes geworden, Wissenschaft und Technik haben die alten Glaubensinhalte verdrängt. »Was gestern noch als Wunder galt« hieß denn auch ganz zutreffend der Titel eines Buches, in dem Werner Keller 1973 das »Wunder« aus dem Bereich des Irrealen in den des Realen umzusiedeln suchte. Und doch: Wenn auch der Kopf es anders weiß, in unseren Herzen sind wir noch immer allzu bereit, dem Wunderbaren seinen angestammten Platz in der Welt zu belassen – es reicht allemal aus, Unserer Lieben Frau in der Grotte Massabielle eine Kerze zu stecken. Zumal es hier um eine Art von Wunderglauben geht, dessen Gegenstand Wohl und Weh unseres Lebens unmittelbar betrifft: das Wunder der Heilung geistiger und körperlicher Leiden.

Daß es diese Heilungswunder gibt, daran glauben nicht erst Christen (erinnert sei an Epidauros, das als »Lourdes der Antike« in Erinnerung geblieben ist; durch Einwirkung des Gottes Asklepios wurden dort Menschen, wie an der Lourder Quelle, von allen nur denkbaren Krankheiten kuriert); aber gerade katholische Christen verteidigen (mit Pascal) diesen Glauben vehement:

»Der Christ von heute«, so sagt etwa der einstige Präsident des Lourder Ärztebüros, Alphonse Olivieri, »also auch der christliche Mediziner, muß mit den Wundern rechnen... Mir ist wohl bekannt, daß für manche Kreise schon der Gedanke an ›Wunder‹ so außer Kurs gekommen ist, daß er ihnen undenkbar scheint. Die Naturgesetze – sagt man – seien derart determiniert, daß es für einen naturwissenschaftlich gebildeten Geist unmöglich sei, ihre Außerkraftsetzung zuzugeben. Wenn man vor solchen Leuten über wunderbare Heilungen spricht, haben sie stets eine Antwort bereit: Diese Tatsachen – behaupten sie – sind nicht genügend studiert, oder sie lassen sich auf alle mögliche Weise rein natürlich erklären: durch gewöhnliche oder atmosphärische Elektrizität oder Psychismus, oder sie werden später erklärbar werden. All diese Einwände kommen von der einen Grundüberzeugung her, Wunder könne es nicht geben.«

Der Streit darüber, was wunder-bar sei, was nicht, und welche Bedeutung es für den religiösen Glauben habe, wogt seit Jahr und Tag hin und her. Die Schriften derer, die sich mit dem »Wunder« befassen, füllen Bibliotheken, vom Altertum über die Aufklärung bis in unsere Epoche. Korrekturen althergebrachter Definitionen sind dabei nicht zu vermeiden, denn neuer Zeitgeist erzwingt ein neues »Wunderverständnis« – christlich-orthodoxe Theologen haben es schwer, den biblischen Wunderbegriff über die Zeiten zu retten. Einfacher scheint es dagegen im profanen Alltagsleben; dort gilt am Ende für ein Wunder, was man dafür hält: das große Los in der Lotterie, die Unversehrtheit des Fahrers im zertrümmerten Auto nach einem Verkehrsunfall, die Landung auf dem Mond, die »Wunder der Natur« im allgemeinen und der »Liebe« im besonderen, oder eben die erwähnten »Heilungswunder«.

Letztere betreffend, lautet die Devise: Wie es euch gefällt! Redet ein Gesunder sich ein, krank zu sein, avanciert er zur komischen Figur des »Eingebildeten Kranken« oder landet (falls er auf Grund seiner Einbildung wirklich erkrankt) in der Psychiatrie. Glaubt ein Kranker dagegen, gesund zu werden, und wird es dann auch, ist ihm ein Wunder geschehen. Auf Einwände, daß es sich gerade dabei *nicht* um wirkliche Mirakel handle, erwidert Olivieri: »Wunder existieren. Wie der bekannte Alexis Carrel anerkannte, sind die Wunderheilungen von Lourdes eine Tatsache, an der jede Leugnung zerschellt. Ich füge hinzu: Wie man Augen brauchte, um zu sehen, braucht man Augen, um das übernatürliche Zeichen zu gewahren, das sich unter den wunderbaren Heilungen verbirgt. Sie heißen ›die Augen des Geistes‹.«

Olivieri bezeugt, »wunderbare Heilungen« selbst erlebt zu haben. Seiner Überzeugung nach offenbaren sie »die Allmacht Gottes« und geschehen »zu seinem Ruhm«. Die Frage beiseite gelassen, ob Gott denn diesen »Hokuspokus des Wunders« (B.) nötig habe und in eine offenbar mißglückte Schöpfung wie ein Klempner bei einem Rohrbruch reparierend eingreifen muß: Olivieris Sicht der Dinge ist die Sicht eines gläubigen Christenmenschen und als solche hinzunehmen – zumal er zugesteht: »Würde uns ein Wunder zwingen (will sagen keinen Zweifel an seiner Echtheit zulassen), so wäre unsere Freiheit nicht mehr geachtet.« Konsequenterweise heißt es dann auch weiter, daß es »nicht genügt, Augen zu haben. Um das Wunder zu erkennen, muß man dafür auch eine Disposition mitbringen« – zu deutsch: Man muß ein zum Wundersehen Begabter, ein Auserwählter sein. In der Tat sieht es so aus, daß solche Auserwählten, bei denen sich spät, doch nicht zu spät, dank einer unbeeinflußbaren »Disposition« der Wandel vom Saulus zum Paulus vollzogen hat, tatsächlich hin und wieder ihren Weg nach Lourdes finden:

»Mir ist«, so Olivieri, »von einem englischen Mediziner, einem Freidenker, berichtet worden, der mit seiner Gruppe nach Lourdes gekommen war, um an Ort und Stelle die kollektive Hysterie zu studieren. Enttäuscht war er [nach seiner Rückkehr nach England] allein nach Lourdes zurückgekommen in der Meinung, man hätte ihm ein Faktum vorenthalten, das er für sicher gehalten hatte. Er ist schließlich katholisch geworden.«

*

Gibt es sie also doch, die »Großen Katholischen Wunder«? – Immer wieder haben sich mehr oder weniger kompetente Stimmen sowohl für als auch gegen einen Glauben an die sogenannten Heilungswunder ausgesprochen. Der bekannteste Einwand der »Kontras« lautet: Was nicht (oder noch nicht) erklärbar sei, müsse darum kein Mirakel sein. Bei einigen Kritikern spielt gerade in Lourdes auch die Sorge um Indoktrination der Menschen durch den Klerus eine Rolle, wobei freilich anzumerken ist, daß die katholische Kirche es ihren Gläubigen freistellt, an Wunderheilungen zu glauben oder nicht.

So schrieb schon 1914 der Münchner Mediziner A. Aigner in seiner Studie »Die Wahrheit über eine Wunderheilung von Lourdes« von einer »Pflicht der Aufklärung gegenüber den irregeführten Massen«. Weiter heißt es da: »Die Lourdesagitation hat längst das religiöse Gebiet verlassen und sich auf medizinisches Gebiet begeben. Das Hilfsbedürfnis der Kranken wird in den Kreis der Propaganda gezogen.«

Auch Emile Zola fällt – wie kann es anders sein? – nicht viel Gutes zur religiösen Interpretation der Lourder Heilungswunder ein. Zur Zeit der Entstehung seines Lourdes-Romans beherrschte der Glaube an die Allmacht der Wissenschaft die intellektuelle Szene, alles Metaphysische meinte man überwunden zu haben. Hatten nicht Mr. Darwin während seiner Reise um die halbe Welt das Geheimnis der Entstehung der Arten entschlüsselt und Monsieur Eiffel in Paris mit seinem Turm bewiesen, was Ingenieurskunst leisten konnte? Für den lieben Gott und seine Mirakel blieb da wenig Raum auf dieser Erde. Die Lourder Grottenaffäre war nichts anderes als eine unredliche und höchst peinliche Geschichte, eine Verirrung des Geistes, die es zu kurieren galt. Zola:

»Die unbekannten Kräfte des weltverlorenen Dorfes, dieses grünen Erdenwinkels, voll von Beschränktheit und Aberglauben, fuhren fort, sich geltend zu machen, indem sie die Sinne verwirrten und die ansteckende Krankheit des Mysteriums verbreiteten... Der Wunsch, gesund zu werden, heilte, der Durst nach dem Wunder bewirkte das Wunder. Ein Gott des Erbarmens und der Hoffnung ging hervor aus dem menschlichen Leid, aus jenem Bedürfnis des Truges und des Trostes...«

Ist es wirklich nur das und nichts anderes, was das Wunder bewirkt: der Wunsch nach dem Wunder? Womöglich ist die Sache mit dem Wunderbaren doch nicht ganz so einfach. Geriet nicht so mancher nüchterne Kopf mit seiner Vernunft, auf die er felsenfest vertraute, bei der Konfrontation mit dem scheinbar Irrealen ins Stolpern?... Bei Thomas Mann gibt es in diesem Zusammenhang eine hübsche Geschichte. Sie erzählt, wie der Autor angesichts »Okkulter Erlebnisse« (so auch der Titel des Berichts) mit der »thronenden Logik« in Konflikt geriet.

Während einer Sitzung, eben einer okkulten, bei der es um Materialisations-Phänomene ging, hatte er, »gestreckten Halses, die Magennerven angerührt von Absurdität, das Unmögliche gesehen, das dennoch – geschah«: Vor den Augen Manns schwebte im abgedunkelten Zimmer, wie von unsichtbaren Händen geführt, ein Taschentuch durch den Raum: »Der Blitz soll mich treffen, wenn ich lüge. Vor meinen unbestochenen Augen, die ebenso bereit gewesen wären, nichts zu sehen, falls nichts da sein würde, geschah es, und zwar nicht einmal, sondern alsbald aufs neue...« Ein Medium, ein in Trance gefallener junger Mann, hatte diese »Taschentuch-Elevation« zustande gebracht, ohne selbst auch nur einen Finger zu rühren.

»Leichte Seekrankheit. Tiefste Verwunderung mit einem Anflug – nicht von Grauen, sondern von Ekel«: so Thomas Manns Empfindungen angesichts des »Unmöglichen«. Er hatte, wie er schreibt, »zeit meines Lebens in Fragen des Okkultismus theoretisch ziemlich weit ›links‹ gestanden... Mein Interesse war eine theoretische Sympathie, welche diese Dinge wohlwollend auf sich beruhen ließ.« Sein Aufsatz zeigt indes, daß es eingedenk des Erlebten mit dem »wohlwollend Auf-sich-beruhen-Lassen« nicht länger fortgehen konnte: Es *gibt* Dinge zwischen Himmel und Erde, die wir für unmöglich halten und die »dennoch geschehen«...

Was also, konkret, wissen wir heute über die Mög-

lichkeit des an sich Unmöglichen? Ein kurzer Überblick zeigt, wo wir stehen.

1949 analysierte der Mediziner Franz L. Schleyer
im Rahmen einer kritischen Bestandsaufnahme jene
Krankenheilungen, die sich in den vorausgegangenen
Jahrzehnten in Lourdes ereignet hatten und vom dor-
tigen Ärztekomitee als extramedikal (d. h. aus medizinischer Sicht nicht erklärbar) bezeichnet worden
waren. Die Kirche hatte diese Fälle denn auch als
Wunder anerkannt.

Schleyers umfangreiche und äußerst kritisch an-
mutende Schrift trägt den Titel »Die Heilungen von
Lourdes«. Der Autor macht es sich darin nicht leicht.
Viele Bedenken grundsätzlicher Art, befand er, ließen
sich vom medizinisch-kritischen Standpunkt aus
»gegen eine Konstatierbarkeit ›extramedikaler‹ Heilungen erheben«.

So etwa nennt er als einen der »am schwersten
wiegenden Einwände« die Tatsache, daß in keinem
einzigen der untersuchten Fälle »bekannt ist (noch
bekannt sein kann), welchen Einfluß die inneren und
äußeren ›Mitursachen‹ (Martini) auf die Entwicklung
des Krankheitsgeschehens und besonders etwa eines
Heilungsvorgangs gehabt hatten«. Auch bemängelt er
den unterentwickelten kritischen Sinn der »Lourdes-
Autoren« bei den von ihnen »referierten Krankengeschichten«, sowohl was »die Angabe der Kranken«
selbst betreffe, »noch bezüglich der Bescheinigungen
und Diagnosen der Ärzte. Von einem differentialdia-
gnostischen Abwägen ist keine Rede; mit der Verwik-
keltheit pathologischer Vorgänge wird nicht gerechnet. Mehr noch: das unleugbare Bestreben, jede Zu-

standsveränderung und jedes Verschwinden eines Symptoms im Sinne der Inexplikabilität [Unerklärbarkeit] auszuwerten, führt dazu, daß wirkliche oder vermeintliche Gegebenheiten umgedeutet werden, ohne daß andere Möglichkeiten in den Bereich der Erörterung einbezogen werden.« Im übrigen bescheinigt Schleyer seinen Lourder Kollegen eine »bedauerliche Unkenntnis des medizinischen Schrifttums und moderner klinischer Forschungsergebnisse und Erkenntnisse«.

Trifft zu, was Schleyer recherchiert hat, dann wirft dies alles ein nicht eben günstiges Licht auf die Urteilsfähigkeit von Leuten, deren Profession die Medizin ist und die sich zu einem »Ärztekomitee« (dem jene »Lourdes-Autoren« angehörten) zusammengeschlossen haben. Schleyer weiß indes, daß auch seine eigenen kritischen Besprechungen der untersuchten Fälle nur der »Versuch einer Deutung sein können«: »Es ist durchaus möglich, daß andere Begutachter in manchem Einzelfall zu anderen Schlüssen kommen würden.«

Dennoch lohnt ein Blick auf Schleyers summa summarum.

Von den 37 untersuchten Fällen von Krankenheilungen, die als »schlechthin unerklärlich« galten, blieben immerhin zwölf, die die »drei Hauptforderungen, die man wohl an eine extramedikale Heilung stellen muß«, erfüllten. Diese Forderungen sind:

1. Vollständige Heilung einer schweren Krankheit oder erheblicher krankhafter Veränderungen (bei eindeutig festgestellter Diagnose) innerhalb abnorm kurzer Zeit.

2. Protokollvorlage von Befunden, die längere Zeit vor und kurze Zeit nach der Heilung mit modernen Mitteln erhoben wurden.
3. Ausreichende Nachbeobachtung, es sei denn, die morphologische bzw. funktionelle Zustandsänderung ist bei einmaliger Feststellung bereits überzeugend genug.

Zwölf mit wissenschaftlichen Mitteln nicht zu erklärende Heilungen aus einer Gesamtzahl von 37 Fällen, das ist kein allzu schlechtes Ergebnis; es legt nahe, das Thema der »Heilungswunder« nicht als gegenstandslos ad acta zu legen. Schleyer freilich wagt in diesem Zusammenhang »keine bestimmte Deutung«, vermutet jedoch, daß man mit gleichem Recht, mit dem man diese wundersamen Vorgänge als äußeres Zeichen eines übernatürlichen Geschehens werte, auch behaupten könne, »daß sie für eine im Körper selbst liegende Ursache der ›Heilung‹ sprechen« – womit wir wieder bei Zola und seinem ketzerischen »Der Wunsch, gesund zu werden, heilt, der Durst nach dem Wunder bewirkt das Wunder« wären. »Daß der psychologische Faktor«, so noch einmal Schleyer, »bei den Lourdes-Krankheits- und Heilungsfällen eine große Rolle spielt, dürfte deutlich genug sein.«

✳

In der Tat weist manches darauf hin.

Nicht allein im religiösen, auch im profanen Lebensbereich ereignen sich Krankenheilungen, die ans Wunderbare grenzen. Hier wie dort – so die Überzeugung der Fachwelt – werden diese »spontanen Remissionen« (d. h. ein von äußeren Einflüssen unabhängiger Rückgang von Krankheitserscheinungen) durch selbstheilende Kräfte des Körpers verursacht, die das »Wunder der Genesung« vollbringen.

Die Frage, wie es dazu kommt, wie der Körper es schafft, sich beispielsweise gegen todbringende Tumorzellen erfolgreich zu wehren, ist bislang erst im Ansatz geklärt. Soviel scheint immerhin sicher, daß ein Zusammenspiel von Körper, Gefühlen, Gedanken, Glaube und Lebensart der Patienten eine entscheidende Rolle spielt: ein ideales Aktionsfeld also für »Wunderheiler«, Quacksalber, religiöse Fanatiker und Dunkelmänner jeglicher Couleur, die mit ihren Tricks die Leichtgläubigen zu beschwatzen verstehen und auf den »Weg des Heils« zu führen versprechen.

Sich auf den Spuren von Zola, Schleyer und anderen kritischen Geistern bewegend, bemüht sich nunmehr eine Wissenschaft, mehr Licht in dieses Dunkel zu bringen. Es ist die Psychoneuroimmunologie. Worum es bei diesem vergleichsweise jungen Forschungsbereich geht, beschreibt der Psychologe Heiko Ernst in seinem Buch »Die Weisheit des Körpers« (1993):

»Seit etwa zehn Jahren liefert die Psychoneuroimmunologie wichtige neue Erkenntnisse über das Zusammenwirken von Gehirn und Immunsystem und somit über den Einfluß von Gedanken und Gefühlen auf das zentrale Nervensystem. Immer genauer läßt sich nachweisen, wie psychische und soziale Faktoren den Körper beeinflussen und über Gesundheit und Krankheit mitentscheiden. Die Psychoneuroimmunologie ist dabei, unser Wissen über Gesundheit und

Krankheit zu revolutionieren, indem sie aus der biomedizinischen Betrachtungsweise eine biopsychosoziale macht: Am Krankheitsgeschehen und an der Heilung sind eine Fülle von biologischen und nichtbiologischen Faktoren beteiligt, die auf eine sehr komplexe Weise zusammenwirken. Die Rolle des Gehirns, des zentralen Nervensystems und neuerdings vor allem der Hormone und Neuropeptide [Wirkstoffe, die körperlich-seelische Prozesse beeinflussen] wurden bisher gewaltig unterschätzt. Das Immunsystem des menschlichen Organismus ist die ›Zentrale‹, in der über Gesundheit, Krankheit und Heilung entschieden wird. Mit Hilfe des Immunsystems kann der Körper Abwehrkräfte mobilisieren und Krankheiten verhindern oder überwinden. Dieses System ist der ›Arzt in uns‹, dessen Tüchtigkeit letztlich von uns selbst bestimmt wird.«

Der Arzt in uns: Darf der Kranke, der via Glaube den Weg zu ihm findet, hoffen, von seiner Krankheit zu genesen? Die Behauptung, daß der Glaube Berge versetzt, ist alt wie die Menschheit selbst – wobei der Gegenstand des Glaubens eine nur untergeordnete Rolle zu spielen scheint; es kann »Asklepios«, »Maria« oder eine Naturgottheit, ein »Kräutlein aus dem Garten der Natur« oder die Hand eines Heilers sein, mittels derer der Gläubige seine Heilung zustande bringt. Immer ist es der Glaube selbst, nicht sein Idol, der das wunderbare Geschehen wie aus dem Nichts erzeugt.

Wenn die Berichte stimmen, daß auch durch Autosuggestion nicht beeinflußbare Kleinkinder auf wundersame Weise gesund wurden, ist freilich anzunehmen, daß in einigen Fällen etwas anderes hinzukommt, das das »Wunder der Heilung« vollbringt. Die Ärztin Hella Emrich erzählt in ihrem Buch »Geheimnisse der Wunderheilungen« (1976), wie sogar im Tierversuch, durchgeführt von einem »Team von Physikern, Biologen und Medizinern«, die Übertragung von physischer Energie auf bestimmte Tiergruppen gelang. Inwieweit bei solchen Experimenten wissenschaftlicher Versuchsstandard gewahrt wurde, sei dahingestellt. Daß aber heilende Einflüsse auf einen Organismus *auch* von außen her möglich sind, scheint für einige Wissenschaftler keine Frage mehr zu sein.

So war der Schweizer Psychologe Carl Gustav Jung überzeugt, »daß Heilen auf nicht-materiellem Wege, durch geistige Methoden, eine Zukunft ungeahnter Möglichkeiten hat«. Er habe, schreibt er, »Blicke tun dürfen in die ungeheuerlichen Energien, die der Persönlichkeit selbst innewohnen, und in solche von außerhalb liegender Quellen, die unter gewissen Bedingungen durch sie hindurchströmen, und die ich nicht anders als göttlich bezeichnen kann. Kräfte, die nicht allein funktionelle Störungen heilen können, sondern auch organisch bedingte, die sich als bloße Begleiterscheinungen seelisch-geistiger Strömungen herausstellten.«

Inzwischen hat man damit begonnen, auf wissenschaftlicher Basis Einsicht in den Mechanismus der Selbstheilung zu gewinnen. Ähnlich dem Lourder Ärztekomitee bemüht sich das Kalifornische Institute of Noetic Sciences (Noetic Sciences = Lehre vom Denken, Begreifen, Erkennen), Fallgeschichten in einem Remissionsregister zu sammeln und auszuwerten. Heiko Ernst zufolge werden dort »nicht nur Krebsremissionen..., sondern ein breites Spektrum von Krankheiten berücksichtigt, von der Tuberkulose bis zu Herzkrankheiten«. Ärzte rund um den Globus sind aufgerufen, sich an der Datensammlung dieses Unternehmens zu beteiligen, um auf diesem Weg mehr über Häufigkeit, Wirkungsmechanismen und Gemeinsamkeiten der spontanen Remissionen zu erfahren. Die Schwierigkeiten hierbei dürften beträchtlich sein: Nicht immer werden sich (wie schon Schleyer schrieb) die Faktoren, die eine Selbstheilung verursachen, die das Abwehrsystem des Körpers mobilisieren und sozusagen »auf Vordermann« gebracht haben, eindeutig nachweisen lassen – was zur Folge haben wird, daß so mancher Fall als ungeklärt zu den Akten wandert.

Man vermutet gewiß zu Recht, daß auch und gerade religiöser Glaube bei alledem eine gewichtige Rolle spielen kann. Wer wollte es darum einem gläubigen Christen, etwa einem Lourdes-Pilger, verübeln, wenn er beim plötzlichen Verschwinden einer Krankheit (oder auch nur deren Symptomen) in Dankbarkeit von einem »Wunder« spricht. Doch wie das Leben so spielt: Viele sind berufen, aber nur wenige auserwählt. Gerade an Orten wie Lourdes bemühen jährlich viele Tausende redlich ihre Frömmigkeit; sie bezwingen ihre Vernunft, strapazieren ihre Glaubenskraft und glauben, »was sie glauben wollen«, nämlich: Adressat (oder doch wenigstens Zeuge) eines Heilungswunders zu werden. Doch umsonst: Ihr Eifer, die glimmende Glaubensglut, läßt sich nicht zum Glaubensfeuer, das den Weg zum »Arzt in uns« öffnen könnte, entfachen. So bleibt diesen Gläubigen-des-guten-Willens nur die Hoffnung, irgendwie doch noch eines Tages, aller heimlichen Zweifel zum Trotz, des großen Wunders teilhaftig zu werden.

Franz Werfel hat in seinem »Lied von Bernadette« eindrucksvoll gezeigt, wie körperliches Leiden in den Glauben, in ein Ringen um den Glauben zu zwingen vermag. Da gibt es, ähnlich Zolas ungläubigem Pierre, einen intellektuellen Lourder Bürger. Der Mann heißt Lafite. Er ist Literat und voll Verachtung für die Religion im allgemeinen und den Grotten- und Quellenzauber von Massabielle im besonderen.

Lafite, gebildet, wie er ist, weiß seinen Atheismus wohl zu begründen:

»In unserem Jahrhundert«, so sagt er während eines Gesprächs, bei dem es um das Wunder an der Grotte geht, »sterben die Götter. Es erfordert einige Kraft, den Tod der Götter zu überstehen, ohne auf Götzen hereinzufallen. Schlimme Zeiten sind das meist, wie die Geschichte uns zeigt. Sehen Sie sich doch die Kirche an in der heutigen Welt, die katholische, von den andern ganz zu schweigen. Was ist das alles zusammen? Das ist Christentum zu herabgesetzten Preisen, mein Herr, das ist der große Ausverkauf Gottes. Und es kann ja gar nicht anders sein, da die Grundlage des Ganzen zusammengebrochen ist. Ein allmächtiger, allwissender, allgegenwärtiger Gott, der sich durch eine außerhalb der Erbsünde gezeugte Jungfrau zu dem Zwecke gebären läßt, um jene bedürftige Welt zu erlösen, die er nicht besser geschaffen hat – das, Sie müssen mir's wohl zugeben, ist ebensosehr oder ebensowenig glaubenswürdig wie die Minerva, die dem Haupte des Zeus entspringt.« – Fazit? »Auf unhaltbarem Grunde«, sagt Lafite, »steht die Ruine des Glaubens, um die man allerhand deistische Gerüste errichtet hat, um sie zu stützen … Wenn ihr aber von euren Gerüsten irgendwo ein Stück Mystik erblickt, werdet ihr gleich schwindlig, denn ihr seid noch nicht stark genug, in den leeren Raum zu schauen, ohne zu wanken und ohne euer bißchen Geist zu verlieren …«

Doch ist er selbst, Lafite, »stark genug, in den leeren Raum zu schauen«? Er erkrankt; ein »herzloser Arzt« hat ihm »offen zugegeben«, daß er »den Krebs im Leibe« hat. Seine Tage, er weiß es wohl, sind gezählt. Was geschieht nun? Lafite findet sich in einer Dämmerstunde vor der Grotte ein. Im Widerschein des Kerzenlichts zu Füßen Unserer Lieben Frau murmeln Gläubige die Worte einer Litanei. Der Literat nähert sich dem Höhlenrund Schritt für Schritt und »fühlt sich beschämt wie ein Fremder, der durch Zufall in eine intime Gesellschaft gerät, zu der er nicht eingeladen worden ist«.

Das Bild der Schönen Dame in der Nische sowie das Geschehen um ihn her lassen ihn nicht los. Vor seinem Geist zieht noch einmal sein Leben vorüber. »Aus Hochmut wollte ich niemandem etwas verdanken … Verschwendet habe ich jegliche Sekunde an den niedrigsten Sinnenkitzel, an die Verwirrung selbst … Niemand wird bei mir sein in der Höhle des Sterbens … Aber ich beklage mich nicht. Denn nicht die Welt hat mich allein gelassen, sondern ich habe die Welt allein gelassen …«

Schließlich geschieht das Unglaubliche: Der Atheist Lafite sinkt vor der Grotte in die Knie; die Atmosphäre des Glaubens um ihn her hat ihn überwältigt, hat ihm einen »unbekannten Frieden« geschenkt. Er meint erkannt zu haben, daß es »keine Bekehrung zum Glauben« gibt, sondern »nur eine Rückkehr in ihn«. Erst spät in der Nacht verläßt er die Grotte. Bevor er aber geht, »kommt ihm, ohne daß er es weiß, warum, die Anrufung auf die Lippen: ›Bernadette Soubirous, bitte für mich!‹«

Alles nur schöne Literatur? Körperliche, seelische Leiden, soviel steht fest, sind imstande, Menschen in einen religiösen Glauben (zurück-) zu zwingen. Not, das ist eine alte Geschichte, lehrt beten – gelegentlich auch jene, die zuvor kein Vertrauen zu »Maria«, zu einem »Quellwunder« oder auch zu einem »Vater im Himmel« fassen konnten, weil sie wußten (und es in einem Winkel ihres Hirns noch immer wissen), daß die Idee von einer weisen, allmächtigen, allgütigen Gottheit der Wirklichkeit dem Elend dieser Welt entgegensteht. Dennoch sinken sie, wie Lafite, vor einem Idol in die Knie, dankbar für den Seelenfrieden oder auch den Funken Hoffnung, der ihnen, leiderzeugt, in einer ausweglosen Lebenslage zuteil geworden ist.

Die Wohltat des Glaubens: In unseren gesunden Tagen regiert die Vernunft – kalt, sachlich, gnadenlos; in unseren kranken, elenden aber, Ave Maria, bist du unser Trost und voll der Gnaden. Darauf hoffen wir, und daran wollen wir glauben. Und weil wir daran glauben *wollen*, wird uns – siehe, so ist der Mensch, wer will ihn darum schelten? – unser Glaube zur

Glaubensgewißheit. Denn die Wahrheit, *unsere* Wahrheit, ist auch immer von unserem geistig-körperlichen Wohlbefinden mitbestimmt.

Ja, auf Gott harrt still meine Seele, von ihm nur kommt her mein Heil. Nur er ist mein Fels, meine Hilfe, meine feste Burg, damit ich nicht wanke. Auf Gott ruht mein Heil und mein Glanz, mein kraftvoller Fels, meine Zuflucht ist Gott. (Psalm 62,6–8)

Wie tröstlich und segensreich! Wie erbarmungswürdig und armselig!

13 Gottesglaube – Wunderglaube – Aberglaube… Gerade in Orten wie Lourdes stellt sich eine alte Frage erneut, drängt sich auf in jedem Winkel des Heiligen Bezirks im Umkreis der Grotte: Wo endet ein vor dem Forum der Vernunft noch zu vertretender Glaube an Gott und geht in Aberglaube, in Religionswahn über?

Der Run auf Astrologen, Gesundbeter, Wunderheiler und esoterische Zirkel aller Art zeigt, wie ungeklärt für viele Menschen diese grundsätzliche Frage ist. Rund zwei Millionen Menschen sollen nach Angaben des Berufsverbandes Deutscher Psychologen in der Bundesrepublik Mitglieder oder Sympathisanten von Sekten der verschiedensten Art sein. Es handle sich dabei, so ist zu lesen, um Gruppierungen mit kriminellen Methoden, um religiöse Fanatiker oder schlicht um »Spinnereien«. In Mailand, so eine andere Nachricht, gebe es inzwischen mehr »Magier« als katholische Priester. Spiritistische Sitzungen sind gerade bei den Jugendlichen wieder einmal en vogue. Und aus den Vereinigten Staaten von Amerika überziehen sogenannte »Evangelisten« mit ihren »Wunder-Kreuzzügen« alle Kontinente der Erde (und füllen dabei ihre Taschen mit Dollar-Millionen)… Wie denn? Wunder-, Hexen-, Teufelsglaube zur Jahrtausendwende? Es scheint so zu sein. Er, dieser Glaube, schert sich den Teufel um die Jahreszahl. Denn seine Nahrung findet er in einem Bedürfnis, von dem hier wiederholt die Rede war: der »Sehnsucht des Menschen« nach Transzendenz, nach dem Goetheschen »Urquell«.

Die Profiteure, Demagogen und Zeloten liegen derweil auf der Lauer. Mit nur drei Kräften, weiß Dostojewskis Großinquisitor, läßt sich der Geist des Menschen bezwingen, »und zwar zu seinem Glück. Diese Kräfte sind: das Wunder, das Geheimnis und die Autorität«. Ein alter Hut? Gewiß. Die Sache ist nur die, daß er noch immer in Mode ist. Die Verführer des Geistes leben unter uns, immer bereit, Seelen zu fangen und der Autonomie des Menschen eine Falle zu stellen. Weil aber nichts schwerer ist als der Umgang mit der eigenen Freiheit (denn sie erfordert Mut und Entschlossenheit, Verantwortung zu übernehmen und sich, laut Kant, des »eigenen Verstandes zu bedienen«), finden sie wie eh und je ihre willigen, ihre allzu willigen Opfer: Herr, erlöse mich von meiner Freiheit! Amen.

Wie läßt sich der Gefahr des Aberglaubens (und allem, was damit zusammenhängt) begegnen? Aufklärung, der Rückzug auf eine Vernunft, die im Bereich des Nachprüfbaren operiert, sei, so heißt es, ein brauchbares Mittel. Doch das Vertrauen in die Vernunft ist erschüttert; was alles hat sie uns beschert, von der Atombombe über eine verpestete Umwelt bis hin zum Ozonloch über unseren Köpfen... Vielleicht aber ist es nur so, daß wir beim Vernünftigsein das rechte Maß nicht kennen und von daher unvernünftig, maßlos sind?

Zu viele in guter, »vernünftiger« Absicht getroffene Entscheidungen haben sich im nachhinein als Quell der Zerstörung, als gigantische Fehlleistung, als ein Anschlag gegen uns selbst erwiesen. Ein Beispiel? »Aus den Laboratorien, in denen der Hunger besiegt werden soll«, schreibt Hoimar von Ditfurth in seinem Aufsatz »Allein mit dem Diesseits« (in

»Unbegreifliche Realität«, 1987), »dringen Meldungen über die künstliche Herstellung neuartiger Bakterien und andere bedrohlich klingende Manipulationen. Aus dem Siegeszug der Antibiotika ist längst eine Abwehrschlacht gegen resistente Erregerstämme geworden, die mit zunehmender Verbissenheit geführt wird und deren Ausgang ungewiß ist. Die Hoffnung auf eine glücklichere Zukunft hat der Angst vor einer überbevölkerten, verschmutzten und immer lückenloser reglementierten Welt Platz gemacht.« Und weiter:

»Weitaus verheerender noch als alle bisher aufgezählten Enttäuschungen hat sich die Nichterfüllung einer anderen, der größten Verheißungen von allen ausgewirkt: der Erwartung, daß die ausschließliche und totale Anwendung der menschlichen Vernunft zur Erkenntnis der Wahrheit, zum Verständnis der Welt und zur Sinnerfüllung des eigenen Denkens führen werde. Kein Zweifel ist mehr daran möglich, daß der mit so großem Enthusiasmus begonnene Aufbruch auf halber Strecke endgültig steckengeblieben ist. Alle Formen des Glaubens, die sich nicht wissenschaftlich ausweisen konnten, wurden erfolgreich zerstört. Der Mensch ist mit dem Diesseits und seiner Vernunft endlich allein. Die Kälte hätte größer nicht sein können. Was Wunder also, daß sich auf den Altären, von denen die Götter der Vergangenheit vertrieben wurden, nun viele kleine Götzen breitmachen.«

Nicht *alle* Formen des (alten) Glaubens wurden bislang »erfolgreich zerstört«. Doch die Tendenz stimmt, die »Reise in die Irrationalität« ist angetreten. Gibt es einen Halt, gar Hoffnung auf Umkehr? Wie sind die metaphysischen Bedürfnisse zu stillen, auch und gerade bei denen, die sich der »Disposition« des Herrn Olivieri so sicher wähnen und dennoch, wie alle anderen auch, in ständiger Gefahr sind, in die Irre zu gehen und den falschen Göttern Weihrauch zu streuen?

Ganz auf Vernunft zu verzichten wäre wohl nicht ratsam. Schon Pascal befand, daß es an »Übertreibung« grenze, wenn man, einerseits, »die Vernunft ausschließe«, andererseits aber »nur die Vernunft gelten« lasse. Wo aber schließt man aus, wo läßt man gelten? Für ihn, Pascal, löste sich die Frage am 23. November 1654 auf denkbar einfache Weise: Er empfing das Feuer des Geistes – FEU – und glaubte fortan an Gott und dessen Wundertätigkeiten in der Welt.

Wo also, noch einmal gefragt, endet »vernünftiger« Glaube (wenn denn schon, aus welchen Gründen auch immer, an einen »Gott« geglaubt werden soll), und wo beginnt er zum Unfug, zum Aberglaube zu entarten? An Empfehlungen, die dazu verhelfen könnten, diese Gratwanderung zwischen Glaube und Aberglaube erfolgreich zu bestehen, hat es nie gefehlt. Schon das Alte Testament gibt den klugen Rat: Du sollst dir kein Bild noch Gleichnis machen. Einen Wegweiser, nicht allzu weit entfernt von jenem biblischen »Du sollst…« errichtete vor zweihundert Jahren ein Philosoph im ostpreußischen Königsberg – Immanuel Kant.

✳

Der Philosoph war schon längst ein geachteter und weit über die Grenzen Preußens hinaus bekannter Mann, als man ihm unter Androhung »unangenehmer Verfügungen« verbot, sich »künftighin« in religiösen Dingen öffentlich zu äußern. Das Schreiben war »auf Seiner Königl. Majestät allergnädigster Spezialbefehl« verfaßt und unter dem 1. Oktober 1794 an ihn ergangen.

Was war vorgefallen?

Kant (1724–1804) war zu diesem Zeitpunkt 70 Jahre alt. Er hatte sein Leben so gut wie ausschließlich in Königsberg verbracht, war da als Sohn eines Riemenschneiders zur Welt gekommen, hatte dort studiert und war zum Magister, schließlich zum Professor an der Königsberger Universität aufgestiegen. Die Fächer, die er lehrte, waren Mathematik, Geologie, Morallehre, Anthropologie. Im übrigen gab es kaum ein Gebiet, für das sich Kant nicht interessiert hätte. Sein Ruhm als akademischer Lehrer lockte die Studenten aus halb Europa an den Pregel.

In seiner Jugend hatte er ein Buch über die Astronomie verfaßt, die »Allgemeine Naturgeschichte und Theorie des Himmels«, ein Werk, das auch heute noch in vielen Teilen Bestand hat. So richtig berühmt wurde er als Autor philosophischer Schriften aber erst mit seinen kritischen Büchern zu Fragen des vernünftigen Denkens und Handelns, vor allem mit seiner »Kritik der reinen Vernunft« (1781), mit der er die alte, unglaubwürdig gewordene Metaphysik von ihrem Sockel stürzte und die Geschäfte der europäischen Aufklärung, die in der Renaissance begonnen hatte, zu einem Abschluß brachte. In diesem Buch ging es exakt um die alte Frage, wie denn »Metaphysik als Wissenschaft möglich« sei, wo also die Grenzen unseres Erkenntnisvermögens lägen, wo unser Wissen endigte und wo das Meinen, der Glaube beginne.

»Meinen«, so eine Formulierung Kants in dieser Sache, »ist ein mit Bewußtsein sowohl subjektiv, als auch objektiv unzureichendes Fürwahrhalten. Ist das letztere nur subjektiv zureichend und wird zugleich für objektiv unzureichend gehalten, so heißt es *Glauben*. Endlich heißt das sowohl subjektiv als objektiv zureichende Fürwahrhalten *Wissen*. Die subjektive Zulänglichkeit heißt *Überzeugung* (für mich selbst), die objektive *Gewißheit* (für jedermann). Ich werde mich bei der Erläuterung so faßlicher Begriffe nicht aufhalten.«

Daß es lohnt, sich darüber »aufzuhalten«, zeigt indes die gängige Verwirrung, die immer dort entsteht, wo die Grenze vom einen zum andern nicht klar erkannt oder wo aus ideologischen Gründen auf unredliche Weise Glaubenssachen für bare Münze, für »Wissen« also, ausgegeben werden. Die Grenzen dieses Wissens sind eng gezogen, der Blick nach »drüben« ist uns nicht vergönnt:

»Der größte und vielleicht einzige Nutzen aller Philosophie der reinen Vernunft«, schreibt Kant, »ist also nur negativ; da sie nämlich nicht als Organon zur Erweiterung, sondern als Disciplin zur Grenzbestimmung dient, und anstatt Wahrheit zu entdecken, nur das stille Verdienst hat, Irrtümer zu verhüten.«

In einem anderen, viele Jahre früher erschienenen Buch, den »Träumen eines Geistersehers, erläutert durch Träume der Metaphysik« (1766), hatte er das

Thema schon einmal abzuhandeln versucht, allerdings auf eine, wie er selber wußte, sehr vorläufige Art und Weise. Damals war es um den schwedischen Theosophen Emanuel von Swedenborg gegangen, der von sich behauptet hatte, »mit abgestorbenen Seelen in genauestem Umgange zu stehen« und überhaupt mit dem Jenseits aufs beste vertraut zu sein. Dem Aberglaube waren damit Tür und Tor geöffnet. Kant, gedrängt von Freunden, versuchte in die Sache Licht zu bringen. Nachdem er die Grenze für unser Erkenntnisvermögen in etwa abgesteckt hatte, erklärte er die Metaphysik zu einer »Wissenschaft von den *Grenzen der menschlichen Vernunft*«, bei der es, wie bei einem »kleinen Land«, mehr darauf ankomme, »seine Besitzungen wohl zu kennen und zu behaupten, als blindlings auf Eroberungen auszugehen« – konkret: Worauf es ankam, war, »den Wahn und das eitele Wissen, welches den Verstand aufbläht« zu meiden und statt dessen »den engen Raum« mit den »Lehren der Weisheit und der nützlichen Unterweisung« zu füllen...

»Laßt uns«, schrieb der Philosoph, »demnach alle lärmende Lehrverfassung von so entfernten Gegenständen der Spekulation und der Sorge müßiger Köpfe überlassen... Da aber unser Schicksal in der künftigen Welt vermutlich sehr darauf ankommen mag, wie wir unseren Posten in der gegenwärtigen verwaltet haben, so schließe ich mit demjenigen, was *Voltaire* seinen ehrlichen *Candide* nach so viel unnützen Schulstreitigkeiten zum Beschlusse sagen läßt: *Laßt uns unser Glück besorgen, in den Garten gehen und arbeiten!*«

Doch zurück ins Jahr 1794, das Jahr des »allergnä-
digsten Spezialbefehls«. Womit hatte Immanuel Kant
seinen König (es war Friedrich Wilhelm II.) sowie den
für Religionsangelegenheiten zuständigen Minister
erzürnt? In einer Reihe von kleineren Schriften, von
denen er vier ohne Druckerlaubnis unter dem Titel
»Die Religion innerhalb der Grenzen der bloßen Vernunft« als Buch herausgebracht hatte, hatte er nicht
nur die Frage nach einem »vernünftigen« Glauben gestellt, sondern auch gewagt, entgegen »Unsere lan-
desväterliche Intention«, wie es in dem königlichen
Schreiben heißt, eine entsprechende Antwort zu
geben. Darüber hinaus vertrat er gegenüber den
Kirchenfürsten und den mit ihnen kungelnden
Machthabern im Staat den Standpunkt einer »libera-
len Denkungsart, gleich weit entfernt vom Sklaven-
sinn und von Bandenlosigkeit«, und forderte die
»Freiheit der Feder«. Daß das in einem absolutistisch
regierten Land und einem unter dem Einfluß restau-
rativer Kräfte stehenden Monarchen nicht gutgehen
konnte, war leicht abzusehen.

Was bedeutete für Kant Religion – Dinge wie Gottesglaube, Unsterblichkeit der Seele oder der Glaube
an Wunder? Und wie hatten sich (seiner Meinung
nach) Menschen, denen kein Pascalsches »Feuer« den
Geist erleuchtet hatte und die dennoch (oder gerade
darum) Wert darauf legten, nicht auf die schiefe Bahn
des Aberglaubens zu gelangen, zu verhalten?

Für Kant gab es nur ein einziges Fundament, auf
dem Religion sicher stehen konnte: das Fundament
der Moral. Dies scheint auf Anhieb selbstverständlich, ist es aber nicht. Für längst nicht alle Konfessio-

nen (nach Kant gibt es nur *eine* Religion, aber viele Konfessionen) steht die Befolgung moralischer Maximen an oberster Stelle, sondern Dogmen und Statute, kurz: ein religiöser Kult um die verehrte Gottheit zum Wohl von Kirchen, Sekten, Priestern und Propheten.

Da, wo nicht die Moral, sondern nur »Statute des Glaubens zum Konstitutionalgesetz gezählt werden«, schreibt Kant mit Blick auf die orthodoxen Machthaber in seinem Land, »da herrscht ein *Klerus*, der der Vernunft und selbst zuletzt der Schriftgelehrsamkeit gar wohl entbehren zu können glaubt, weil er als einzig autorisierter Bewahrer und Ausleger des Willens des unsichtbaren Gesetzgebers die Glaubensvorschrift ausschließlich zu verwalten die Autorität hat und also, mit dieser Gewalt versehen, nicht überzeugen, sondern *nur befehlen* darf.«

Doch der Mensch bedurfte der Befehle nicht, weder der Befehle von weltlichen noch jener von geistlichen »Führern«. Denn er war frei, gehorchte dank der Autonomie seines Willens nur einem Gesetz, das er sich selbst gab: »Was kann denn wohl die Freiheit des Willens sonst sein als Autonomie, d. i. die Eigenschaft des Willens, sich selbst ein Gesetz zu sein?« Freilich hatte dieses Gesetz, da es der reinen praktischen Vernunft entsprang, allgemeinverbindenden Charakter. Von daher lautete eine Formulierung des so berühmtberüchtigt gewordenen Kategorischen Imperativs:

»Handele so, daß du die Menschheit sowohl in deiner Person, als in der Person eines jeden anderen jederzeit zugleich als Zweck, niemals bloß als Mittel brauchst.«

Auf der Autonomie des Willens, die den Menschen zu seinem eigenen Gesetzgeber und damit zu einem zur Sittlichkeit befähigten Wesen machte, beruhte nach Kant auch dessen Würde; sie war »der Grund der Würde der menschlichen und jeder vernünftigen Natur«.

Nicht nur die Unterdrückung der Menschen durch die Willkür von Machthabern, auch mißverstandene Religion stand dieser Würde entgegen. Gott war nur auf *eine* Weise zu dienen, nämlich, indem der Mensch von seiner Freiheit vernünftigen, d. h. sittlich vertretbaren Gebrauch machte: »Alles, was außerhalb dem guten Lebenswandel der Mensch noch tun zu können vermeint, um Gott wohlgefällig zu werden, ist bloßer Religionswahn und Afterdienst Gottes.«

Mit harten Worten wendet sich Kant gegen alles, was einen Glauben an Gott zum Aberglauben macht: »Der Wahn, durch religiöse Handlungen des Kultus etwas in Ansehung der Rechtfertigung vor Gott auszurichten, ist der religiöse *Aberglaube;* sowie der Wahn, dieses durch Bestrebung zu einem vermeintlichen Umgange mit Gott bewirken zu wollen, die religiöse *Schwärmerei*... Ob der Andächtler seinen statutenmäßigen Gang zur *Kirche,* oder ob er eine Wallfahrt nach den Heiligtümern in *Loretto* oder Palästina anstellt, ob er seine Gebetsformel mit den Lippen, oder, wie der Tibetaner... es durch ein Gebets-Rad an die himmlische Behörde bringt, oder was für ein Surrogat des moralischen Dienstes Gottes es auch immer sein mag, das ist alles einerlei und von gleichem Wert.«

Überhaupt hält unser Autor von den »Gnadenmitteln« nicht nur nicht viel, sondern gar nichts. Kirchgang, Gebet, Fasten, Wallfahrt – alles nutzloses Gebaren »gegen ein Wesen, das keiner Erklärung der inneren Gesinnung des Wünschenden bedarf, wodurch also nichts getan und also keine von den Pflichten, die uns als Gebote Gottes obliegen, ausgeübt, mithin Gott wirklich nicht gedient wird«.

In einer sich über mehrere Seiten hinziehenden »Allgemeinen Anmerkung« zu seinem Aufsatz »Von dem Kampf des guten Prinzips mit dem bösen« hat Kant auch zum Glauben an Wunder Stellung bezogen.

Sind für Pascal Wunder ein geeignetes Mittel zur Festigung des Glaubens, so bedeutet für den Königsberger Philosophen der Glaube an Wunder »einen sträflichen Grad moralischen Unglaubens«. Denn die wahre Religion, d. h. die ausschließlich auf moralischen Maximen gegründete, bedarf solcher »Hilfsmittel« nicht.

Damit freilich ist noch nicht gesagt, was unter «Wunder« zu verstehen sei, und ob es überhaupt dergleichen gibt.

Kants Definition des Wunders klingt wenig originell; sie entspricht dem schlichten Sachverhalt: Wunder sind »Begebenheiten in der Welt, von deren Ursache uns die *Wirkungsgesetze* schlechterdings unbekannt sind und bleiben müssen«. Was die zweite Frage angeht, so stellt er die Möglichkeit von Wundern zwar nicht in Abrede, doch er vermerkt dazu:

»Was aber Wunder überhaupt betrifft, so findet sich, daß vernünftige Menschen den Glauben an dieselben, dem sie gleichwohl nicht zu entsagen gemeint sind, doch niemals wollen praktisch aufkommen lassen; welches soviel sagen will als: sie glauben zwar, was die *Theorie* betrifft, daß es dergleichen gebe, *in Geschäften* aber statuieren sie keine...« In summa: Ein vernünftiger Mensch bestreitet nicht deren Möglichkeit (wie ja auch die Möglichkeit der Existenz Gottes nicht bestritten werden kann, denn – so ein Ergebnis der »Kritik der reinen Vernunft« – weder das Dasein noch das Nicht-Dasein Gottes kann bewiesen werden), aber »er nimmt den Wunderglaube [auch] nicht in seine Maxime (weder der theoretischen noch praktischen Vernunft) auf...« Daß man aber »durch die Gabe, recht fest an Wunder theoretisch zu glauben, sie wohl gar selbst bewirken und so den Himmel bestürmen könne, geht zu weit aus den Schranken der Vernunft hinaus, um sich bei einem solchen sinnlosen Einfall lange zu verweilen«.

Lourdes mit seinen Anrufungen, Lob- und Bittgesängen, mit seinen Heiligenfiguren und Opferkerzen (die sich ihrem Zwecke nach in nichts vom »Gebets-Rad« der »Tibetaner« unterscheiden) wäre wie der von ihm erwähnte Wallfahrtsort Loreto für Kant ein Beispiel gewesen für praktizierten Aberglauben, für Wundergläubigkeit und einen »Afterdienst Gottes«, womit er natürlich bei allen Fans Unserer Lieben Frau gehörig angeeckt wäre...

Immanuel Kant, der in pietistischer Umgebung aufgewachsen war, hat das Christentum als Konfession eher mit Nachsicht betrachtet; inwieweit er es für seine Person auch verinnerlicht hat, steht auf einem anderen Blatt. Bekannt geworden ist, daß er sich an Kirchentüren gern vorbeigedrückt hat. Glaubensbezeugungen wie etwa Tischgebete durch seine Gäste, waren ihm peinlich. Für ihn war »Gott« kein Gegenstand der »Ansprache«, schon gar nicht Jesus, in dem er den Menschen, den Juden sah, der »eine Religion hatte und lehrte...«, aber nicht Gegenstand der Religion habe sein wollen«. Jesu Lehre, so notiert Kant auf einem losen Blatt, »geriet bald in Hände, welche den ganzen orientalischen Kram darüber verbreiteten und wiederum aller Vernunft ein Hindernis in den Weg legten«. Die Erhebung Joshuas zum »Gott« und dessen Mutter Mirjam zur »Gottesmutter« war für ihn nichts anderes als Theologenwerk, das aller Vernünftigkeit (und damit aller Redlichkeit im Denken) entbehrt.

Ob Immanuel Kant, für den Religion nicht mehr bedeutet hat als »die Erkenntnis aller unserer Pflichten als göttlicher Gebote«, mit seiner Anleitung zu einem von der Vernunft geleiteten Glauben die nach Transzendenz hungernden Seelen sättigen, ihre Sehnsucht nach »drüben« stillen kann, ist freilich eine andere Frage. Gibt es nicht Stunden im Leben eines Menschen, wo Vernunft als Ratgeber versagt und Rettung vor Verzweiflung nur noch jenseits der Vernunft zu holen ist? Bleibt da Pascal mit seinem kompromißlosen Bekenntnis zum (Kirchen-)Glauben nicht gegen Kant im Recht? Wer meint, dies alles mit einem Ja beantworten zu müssen, sollte indes bedenken, wohin der Weg führt, wenn man erst einmal vom Pfad des nüchternen Denkens abgewichen ist; er wird seinen »Hunger« fortan leichter ertragen.

Es ist unzweifelhaft wahr: »In Religionsdingen sind die meisten unmündig und immer unter der Leitung von fremder Vernunft.« Daß Kant dies so klar erkannte und auch auszusprechen wagte, ließ ihn bei den Staatenlenkern und Kirchenfürsten seiner Zeit in Ungnade fallen. Nicht nur die »liberale Denkungsart«, für die er eine Bresche zu schlagen versuchte; auch sein Plädoyer für einen »vernünftigen« Umgang mit dem Glauben sowie sein kritischer Blick auf das Treiben der verschiedensten (also auch der christlichen) Konfessionen brachte so manchen braven Christenmenschen in preußischen Landen (und nicht nur da) in Rage. Insbesondere Kants Forderung nach einer »unsichtbaren, über alle Konfessionen hinausragenden Kirche« stieß, wegen der Angst um schwindenden Einfluß, um zu verlierende Pfründe, auf Mißtrauen, ja heftige Abwehr.

So geschah denn, was geschehen mußte: Die preußische Regierung, gewohnt, nur »zu befehlen«, anstatt »zu überzeugen«, verbot Immanuel Kant den Mund:

»Wir verlangen des ehesten Eure gewissenhafteste Verantwortung und gegenwärtigen Uns von Euch bei Vermeidung Unserer höchsten Ungnade, daß Ihr Euch künftighin Nichts dergleichen werdet zu Schulden kommen lassen... Sind Euch mit Gnaden gewogen. Berlin, den 1. October 1794...«

Erst drei Jahre später, nach dem Tod Friedrich Wilhelms II., konnte Kant es wagen, den fallengelassenen Faden wieder aufzunehmen. Für seine Arbeit blieben ihm nur noch wenige Jahre. Das Thema der Emanzipation des Menschen von seinen weltlichen und geistlichen »Vormündern«, die, wie er einmal sagte, die »Oberaufsicht gütigst auf sich genommen haben«, beschäftigte ihn bis an sein Ende.

Wie aktuell dieses Thema auch nach zweihundert Jahren noch ist, zeigt ein letztes Zitat aus Kants berühmt gewordenem Aufsatz »Beantwortung der Frage: Was ist Aufklärung« (1784):

»Faulheit und Feigheit«, so heißt es da, »sind die Ursachen, warum ein so großer Teil der Menschen, nachdem sie die Natur längst von fremder Leitung freigesprochen, dennoch gern zeitlebens unmündig bleiben; und warum es anderen so leicht wird, sich zu deren Vormündern aufzuwerfen. Es ist so bequem, unmündig zu sein. Habe ich ein Buch, das für mich Verstand hat, einen Seelsorger, der für mich Gewissen hat, einen Arzt, der für mich die Diät beurteilt usw., so brauche ich mich ja nicht selbst zu bemühen. Ich habe nicht nötig zu denken, wenn ich nur bezahlen kann; andere werden das verdrießliche Geschäft schon für mich übernehmen...«

Immanuel Kant: »Es ist so bequem, unmündig zu sein.«

FÜNFTES KAPITEL
Das Kreuz mit dem Glauben

In der Gegend lebte ein sehr berühmter Derwisch, der als bester Philosoph der Türkei galt. Sie (Candide und seine Freunde) wollten seinen Rat erbitten. Pangloss trat als Wortführer auf und sagte: »Meister, wir kommen, um Euch zu fragen, aus welchem Grunde ein so merkwürdiges Tier wie der Mensch geschaffen wurde.« – »Was geht dich das an?« sagte der Derwisch. »Ist das deine Angelegenheit?« – »Aber, ehrwürdiger Vater«, sagte Candide, »es gibt entsetzlich viel Böses auf Erden.« – »Was liegt daran«, sagte der Derwisch, »ob es Böses gibt oder nicht? Wenn Seine Hoheit ein Schiff nach Ägypten schickt, stört es ihn, ob sich die Mäuse auf dem Schiff wohl befinden oder nicht?«

Voltaire: »Candide«

14 Unser vorletzter Tag: In kleiner Runde (wir sind fünf Damen, drei Herren, unter uns B. an der Hand seiner Mutter) besuchen wir die Lourder Burg, Château Fort, auf einem Felsen achtzig Meter über der Altstadt gelegen.

Wer da hinauf will, hat die Wahl zwischen einem Aufzug an der steilen Ostwand oder einer mittelalterlichen Serpentine auf der anderen, gegenüberliegenden Seite. Wir wählen den beschwerlicheren, weil romantischeren Weg. Scheinbar harmlos beginnt er hinter kleinen Häusern am Fuß des Felsens, steigt dann rapide an und wird immer unbequemer zu gehen. Seiner holprigen Flußsteine wegen, mit denen er gepflastert ist, taugt er nur wenig zum Lustwandeln auf dünnen Sohlen. Dafür aber bietet sich hier Zeitgeschichte pur. Wir kommen an hohen Bruchsteinmauern vorbei, gehen durch einen Vorhof und passieren rechter Hand ein kleines Gräberfeld mit Steinsärgen und Grabmälern vergangener Jahrhunderte, überragt von einem Kreuz mit halbverwitterter Inschrift: AVE SPES VNICA… Die Zeit steht still.

Oben dann im Burghof ein grünender, blühender Alpengarten. Es ist eine Pracht, was sich da zwischen magerem Stein an Farben und Formen entfaltet. Unter Platanen stehen, Blickrichtung hinunter auf die Stadt, ein paar Bänke, und gleich daneben en miniature das nachgebastelte mittelalterliche Lourdes mit seinen Gäßchen und verschachtelten Häusern.

Dann das Museum im grauen Gemäuer, dem einstigen Wohnsitz der Grafen von Bigorre, »Musée Pyrénée«. Gezeigt wird der way of life im 18. und 19. Jahrhundert. In einem Raum mit Trachten der Region ist zu bestaunen, was auch hier, peu à peu, dem internationalen jeans-look weicht. Räume mit Werkzeugen und landwirtschaftlichen Geräten von anno dazumal ergänzen den Überblick zur Geschichte und Kultur dieses Landstrichs: Glocken für das Herdenvieh, Butterfässer, Körbe, Keltern... In einem gesonderten Raum hinter Glas präparierte Fauna der heimischen Bergwelt: Karpatenadler und Pyrenäenbär, Auerhahn und Gemsen, Fuchs und Wiesel sowie ein zähnefletschender Wolf. Auch Prähistorisches gibt es zu sehen, Knochenreste längst ausgestorbener Tiere: Höhlenbär, Bison, Mammut. Schnitzereien und Feuersteine belegen: Der Mensch war damals auch schon da, besiedelte das Ufer des Gave – homo erectus tautavelebsis. Eine Vitrine zeigt seinen Schädel. Vierhunderttausend Jahre lang hat sich die Welt um ihre Achse gedreht, seit es in diesen Augenhöhlen dunkel wurde.

Inmitten solcher steinalter Relikte feiert sich plötzlich das Leben, das Jetzt und Hier. Aus einem Raum mit Töpfereien dringt übermütiger Singsang. Junge Leute aus dem Angelsächsischen haben den Tag für sich gepachtet. Jugend ist Trunkenheit ohne Wein. Die stehen im Kreis, klatschen im Takt einer Melodie in die Hände und freuen sich, ganz einfach da, ganz einfach lebendig zu sein.

Den wahren Knalleffekt erleben wir oben, *ganz* oben, vom Point du cavalier, dem Plattdach der Burg. Schießscharten erinnern: Hier wurden (nicht sehr erfolgreich, wie bekannt) Stadt und Burg schon gegen Allahs tapfere Krieger verteidigt. Herrlich der Ausblick nach allen Seiten, hinunter auf die Altstadt, um die sich das neue Lourdes wie ein Ring gelagert hat,

sowie zu den Hängen nördlich und östlich, wo Neu-
baugebiete dabei sind, das schöne Umland gründlich
zu verschandeln. Südwestlich, nur spärlich begrünt,
der Hausberg, »Pic du Jer«, mit seiner Bergbahn. Und
ganz im Hintergrund die Pyrenäen, verschneit.

Der Gave, der gleich unter uns über eine Staustufe
fällt, rauscht herauf, gibt sich aber ansonsten mit seinen gemauerten Ufern gezähmt – nichts da vom wil-
den Gebirgsfluß, der er noch zu Bernadettes Zeiten gewesen ist. Jenseits des Flusses dann der Heilige Bezirk,
die Anhöhe des Kreuzbergs, die Esplanade, die Kirchen
sowie ein rasenbedecktes fußballfeldgroßes Oval: das
Dach der Unterirdischen Basilika. Linker Hand
schließlich die Kette der Hotels, vierhundert Stück
und noch immer kein Ende, wie Baukräne zeigen.

Zum Abschluß dann – wir sind schon wieder auf
dem Weg nach unten und haben den Burghof, das
Burgtor durchschritten – noch einmal Alarm. Halt!
Jemand ist uns abhanden gekommen. Jemand? Es ist
B., unser Pilgergenosse. Aber war er denn nicht eben
noch? – Wir schwärmen aus, durchsuchen Flure,
Treppenhäuser und Ausstellungsräume. Es dauert
eine ganze Weile, bis man den Vermißten auf dem
Point du cavalier entdeckt. Dort oben steht er, allein,
wie immer mit angewinkelten Armen und vorgebeugtem Oberleib, und sieht mit fiebernden Augen
zum Heiligen Bezirk hinüber. Sein Gesicht ist kalk-
weiß, die Haut wie straff gespanntes Pergament, eine
Maske, die Angst macht.

Minuten vergehen, bis er an der Hand seiner Mutter zu sich kommt und aus seiner Versunkenheit auf-
taucht. Aber tut er es wirklich? Kaum daß wir die

Serpentine erreichen, beginnt er mit beunruhigender Heiterkeit leise vor sich hinzukichern. Was es denn gebe? fragt man besorgt und ist auf Schlimmes gefaßt. Am Tag zuvor, während eines ähnlichen Anfalls, hatte er grinsend von einem »Billett« gefaselt, das zurückgegeben werden müsse... Jetzt, als wir in der rue Bernadette die nah beieinanderliegenden Mühlen des Müllers Soubirous passieren (ihr Besuch steht für den nächsten Tag, unserem letzten in Lourdes, auf dem touristischen Programm), hören wir B. leise versichern, wie gut es ihm gehe, wie ausnehmend gut. Ja, es gäbe keinen Grund zur Sorge, man möge ihn doch bitte als »geheilt« betrachten und »in Gnaden entlassen«. Im übrigen kuriere Lourdes so manches Leiden, gewiß, so manches. Wer hier nicht zu sich komme, dem sei nicht zu helfen... Schließlich gehen Worte und Gekicher in ein Kauderwelsch über, das nur noch die Mutter versteht.

»Bub«, sagt sie, »komm, es is gut.«

»Ja, Mamma, alles in Ordnung. Alles klar...«

»Enorm«, flüstert da eine der Damen in meiner Begleitung, als wir etwas im Abstand hinter den anderen hergehen. Ihre wispernde Stimme hatte ich schon einmal vor der Grotte gehört, als sie sich dort in die Lage der vom Weltenelend bedrängten Jungfrau Maria hineinzuversetzen versuchte. Jetzt fühlt sie der kleinen Bauersfrau nach. »Enorm«, sagt sie, »was die Frau so alles auf sich nimmt mit ihrem Bub! Sie opfert sich auf, Tag und Nacht, wo sie doch selber nit die Kraft mehr dazu hat. Abber so sindse halt, die Müdder...«

Ja, so sind sie wohl. Wer dankt es ihnen?

Unten an der Brücke, dem Pont St. Michel, gehen wir auseinander. Ich habe B. an diesem Tag zum letzten Mal gesehen.

15

Das »Accueil Notre Dame« liegt im Heiligen Bezirk. Mit seiner Vorderfront grenzt es an den Prozessionsweg, mit seiner Rückseite an den Gave. Vor gut hundert Jahren hat man mit dem Bau dieses Hauses begonnen und es, über Jahrzehnte hinweg, nach und nach vergrößert. Heute ist es ein langgestrecktes Gebäude, nicht sehr hoch, mit neugotischen Fenstern. Ihm gegenüber, auf der anderen Seite des Flusses, liegt das neuerbaute »Accueil St. Bernadette«. Beide Häuser sind durch einen überdachten Steg miteinander verbunden.

Etwa 650 schwerkranke Pilger können hier für die Dauer ihres Aufenthaltes – in der Regel sind es drei bis vier Tage – betreut werden; sie wohnen, schlafen, essen hier, es gibt Ärzte, Schwestern, Krankenpfleger sowie die schon erwähnten (blaublütigen) Damen und Herren vom »Souveränen Malteser Hilfsorden«. Dieser Orden, vor 800 Jahren gegründet, war einst »durch seine kriegerischen Taten berühmt« (Selbstdarstellung). Daneben gab es die selbstauferlegte Pflicht zum Dienst am leidenden Nächsten, getreu dem Auftrag des Stifters, den Kranken »wie Diener ihres Herrn zu dienen«. Während der Kriege arbeiteten die Ritter des Ordens im Sanitätsdienst, ab 1957 dann auch in der freiwilligen Krankenpflege in Spitälern, Heimen sowie bei der Betreuung alter, behinderter Menschen. Außerdem übernahmen sie Verantwortung in der Ambulanz bei Großveranstaltungen und der Organisation von Krankentransporten zu verschiedenen Pilgerorten, nach Rom, Mariazell oder, wie in unserem Fall, nach Lourdes.

Entschlossen, unserem Vorsatz getreu auch einmal

in Lourdes mit Hand anzulegen, erreichen wir das »Accueil«. Man erwartet uns schon. Die Kranken stehen in ihren Rollstühlen oder in den kleinen dreirädrigen Wagen, den »voitures«, zu einer Kolonne aufgereiht vor dem Haus, immer zwei und zwei nebeneinander, über den Knien eine Plane mit dem gelben achtspitzigen Malteserkreuz, denn heute morgen hat es wieder etwas genieselt. Wie viele Menschen sind es insgesamt? Achtzig? Hundert? Oder mehr? Eine Dame des Ordens weist uns »unsere« Kranken zu, mir eine Frau in mittleren Jahren, die seit zwei Jahrzehnten den Rollstuhl benötigt: Multiple Sklerose. Nur ihren Kopf, nichts sonst, kann sie noch bewegen – gewiß, ein Fall unter vielen. Doch sie lächelt. In Lourdes, scheint es, geht das Leiden der einzelnen auf im Leiden aller. Vielleicht ist das der Grund, warum es hier mit so viel heiterer Gelassenheit ertragen wird. Übrigens ist meine Rollstuhlfahrerin schon zum siebten oder achten Mal an den Gave gereist. Sie komme, erzählt sie, immer wieder hierher. Nein, nicht weil sie auf ein Wunder hoffe, sondern »um neue Kraft zu tanken. Das hält dann wieder für ein Jährchen vor...«

Die Kolonne setzt sich in Bewegung. Es geht entlang des Flusses hinunter zur Grotte. Eine Heilige Messe erwartet uns dort sowie noch einmal das Erlebnis der »Gemeinschaft der Gläubigen« und der sich im Gebet öffnenden Seelen. »Es ist«, schreibt Franz Werfel, »wie eine weiche Lehne, gegen die man den Rücken stützen kann. Es ist, als berühre einen das Gebet hinter einem mit vielen weichen Händen, man fühlt die Beter hinter sich als einen einzigen, liebevollen, körperlosen Körper, der hilft und hilft...«

So mögen es viele empfinden. In der Tat, wo »Lob-
gesänge« doch eher an schön verpackte Bestechungs-
versuche erinnern, scheint es mit dem Beten eine andere Bewandtnis zu haben. »Man kann sagen«, meint
Dorothee Sölle in ihrem Buch über das »Leiden«
(1973), »daß in jedem Gebet ein Engel auf uns wartet,
weil jedes Gebet den Betenden verändert, ihn stärkt,
indem es ihn sammelt und zu der äußersten Auf-
merksamkeit bringt, die im Leiden uns abgezwungen
wird und die wir im Lieben selber geben.«

Ich kenne kein Buch, das über die Kraft des Gebets,
des Glaubens mehr belehrt als das von Helmut Goll-
witzer, Käthe Kuhn und Reinhold Schneider 1954
herausgegebene »Du hast mich heimgesucht bei
Nacht – Abschiedsbriefe und Aufzeichnungen des
Widerstandes 1933–1945«. Hier sprechen gefangene,
gedemütigte, gefolterte und zum Tod verurteilte
Menschen der verschiedensten Stände und Konfessionen. Sie berichten über die dunkelste Zeit ihres Lebens, über Stunden und Tage, in denen das Innere
nach außen gekehrt ist und es keine Verstellung, keine Lüge mehr gibt, sondern nur noch der nackte
Mensch existiert in seiner Verzweiflung, in seiner
Einsamkeit, in seinem erbärmlichen Ausgeliefert-
sein. »Vater, wenn es möglich ist, laß diesen Kelch an
mir vorübergehen...« Geht er vorüber? Ja und nein.
Die Rettung, scheint es, kommt für viele, nicht für
alle, auf andere Weise. »...Doch nicht mein, sondern
dein Wille geschehe«: Es ist das Geschenk, nicht
mehr kämpfen, sich nicht mehr an die Welt und ans
eigene Leben anklammern und nicht mehr fragen zu
müssen: Warum gerade ich? Warum gerade ich *nicht?*

»Ich habe«, heißt es in einem Abschiedsbrief, »von Anfang an alles in Gottes Hand gelegt. Wenn Er dieses Ende [den Tod durch das Fallbeil] von mir fordert – gut, es geschehe Sein Wille.«

Die Wohltat des Glaubens mit der Gewißheit: Gott hört zu! Welch ein Trost für die »bei Nacht« Heimgesuchten, deren Seelen keinen Groll, keine Bitterkeit mehr kennen! Im gläubigen Vertrauen, im Gebet, und nur da, scheint die Bitte um Frieden – dona nobis pacem! – in Erfüllung zu gehen. Eine Gottesgabe für die, die am Ende sind und für die es hier auf Erden keine andere Hoffnung mehr gibt? Wenn das so ist, du gütiger, du schrecklicher Gott: War es wirklich nötig, die Welt zuerst zu einem Jammertal zu machen, um sie danach durch deine Gnade, deinen Frieden zu »erlösen«? Oder was sonst hast du dir bei der Mit-Erschaffung des Leidens gedacht?

Es ist genau diese Frage, die ich am Ende der Messe von einem angesichts des Krankenelends erschütterten »gesunden« Pilger höre: »Was hat Er sich da droben nur dabei gedacht?« Vermutlich nichts. Wenn es nach Voltaires Derwisch geht: Was kümmern ihn, den großen Herrn, die Mäuse im Bauch seines Schiffes? ... Womöglich ist er auch schuldlos, weil nicht zuständig für diese Misere? Lichtenberg:

»Schon vor vielen Jahren habe ich gedacht, daß unsere Welt das Werk eines untergeordneten Wesens sein könne, und noch kann ich von dem Gedanken nicht zurückkommen. Es ist eine Torheit, zu glauben, es wäre keine Welt möglich, worin keine Krankheit, kein Schmerz und kein Tod wäre. Denkt man sich ja doch den Himmel so. Von Prüfungszeit, von allmählicher Ausbildung zu reden heißt, sehr menschlich von Gott denken und ist bloßes Geschwätz... Wenn ich Krieg, Hunger, Armut und Pestilenz betrachte, so kann ich unmöglich glauben, daß alles das Werk eines höchst weisen Wesens sei; oder es muß einen von ihm unabhängigen Stoff gefunden haben, von welchem es einigermaßen beschränkt wurde, so daß dieses nur respektive die beste Welt wäre, wie auch schon häufig gelehrt worden ist.«

16 Rezepte, wie der Himmel zur Anteilnahme am menschlichen Leiden (wohl am Leiden aller Kreatur) zu bewegen wäre und man Gottes fürsorgende Liebe oder auch sein Mitleid provozieren könne, waren von je wohlfeil zu haben. Schon Jesus von Nazareth lehrte, man müsse Gott sozusagen auf die Nerven fallen, um sich Zugang zu seinem Gehörgang zu verschaffen, gemäß dem Richterspruch im Gleichnis: »Weil mir diese Witwe lästig fällt, will ich ihr zu ihrem Recht verhelfen.« »Sollte also Gott«, so Jesu Argumentation, »seinen Auserwählten, die Tag und Nacht zu ihm rufen, nicht genau so zu ihrem Recht verhelfen, sollte er sie warten lassen? Ich sage euch, gar bald wird er ihnen Recht verschaffen.«

Andere Gottesmänner haben zwischen dem Leiden und der zur Sittenlosigkeit neigenden menschlichen Natur einen Zusammenhang zu konstruieren versucht, der konkret in die Forderung mündet: »Ändert euer lasterhaftes Leben, und Gott wird euch vom Leiden erlösen!«

Freilich scheint diese Theologie ein wenig aus der Mode zu kommen. Denn sie unterstellt ja, daß Gott das Leiden als Mittel der Bestrafung und der Rache braucht. Gewiß zu Recht ist darum von einem göttlichen Sadismus die Rede. Um klarzumachen, worum es hier geht, zitiert die Theologin Dorothee Sölle (in »Leiden«) die »drastische Antwort« des Reformators Calvin auf die Frage, warum es den Gottlosen so gut gehe: »Weil der Herr sie als Schweine mästet für den Schlachttag.« Dazu Sölle: »Jeder Versuch, das Leiden als unmittelbar oder mittelbar von Gott verursacht anzusehen, steht in der Gefahr, sadistisch über Gott zu denken.« Und weiter in diesem traurigen Text: »Nicht, als ob der theologische Sadismus Verhaltensanleitungen enthielte. Wohl aber übt er Menschen ein in Denkschemata, die sadistisches Verhalten für normal halten und in denen angebetet, verehrt und geliebt ein Wesen wird, dessen ›Radikalität‹, ›volle Absicht‹ und ›höchste Schärfe‹ eben das Vernichten ist. Die äußerste Konsequenz des theologischen Sadismus ist die Anbetung des Henkers.«

Freilich wäre Frau Sölle keine Theologin, wenn sie nicht ein Hintertürchen offen sähe, um ihr Metier (und mit ihm den lieben Gott) über die Runden zu retten: »Kein Himmel kann so etwas wie Auschwitz wiedergutmachen. Wohl aber hat der Gott, der nicht ein höherer Pharao ist, sich gerechtfertigt: im Mitleiden, im Mitsterben am Kreuz.«

Es ist erstaunlich, wie Theologie immer wieder auf die Füße fällt und der Frage nach dem »guten Gott« in ihrem Sinne auf den Leib zu rücken versteht. So lange schiebt sie ihren Gegenstand, eben Gott, von hier nach da, bis sie ihn dort hat, wo sie ihn haben will und er ihrer Meinung nach hingehört. In der Tat, Gott ist, wofür man ihn hält. Aber draußen in meinem Garten zieht derweil eine Amsel einen Regenwurm aus seinem Loch; sie tut das ganz nach Art und Weise einer Kreatur Seiner Schöpfung: bestialisch nämlich, um ihn aufzufressen.

Rechtfertigung »im Mitleiden, im Mitsterben am Kreuz«: Vor dem Wahn der Theologen ist so gut wie nichts verschont geblieben, auch nicht der arme gemarterte Joshua. In endlosen Debatten sind sie über ihn hergefallen, haben ihn zerredet, zergliedert, gefleddert und sich nicht gescheut, aus Mirjams Erstgeborenen einen »Erlöser der Welt«, einen »Christus«, einen »Messias« zu machen. Doch er war, man weiß es, nur ein gottesfürchtiger Jude, der am Marterholz der Römer sterben mußte. Sie jedoch, diese unermüdlichen Gotteskrieger, haben ihn zur »Rechten des Vaters« gesetzt, um mit ihm theologischen Schindluder zu treiben. Keinen Winkelzug haben sie außer acht gelassen. Was aller Vernünftigkeit, allen Menschenanstands entbehrte, ihnen war es eben recht, ihre Glaubenssätze das Laufen zu lehren.

Geht es darum, das Leiden zu erklären, es den Leidenden verständlicher, erträglicher zu machen, so bringt auch dies christliche Theologie nicht in Verlegenheit. Womit hat sie aufzuwarten?

Da ist zum einen die Idee, daß Gott ja selbst an seiner Schöpfung leidet, mithin an sich selbst. Wie das? Gott, so der messerscharfe Schluß, hat die Freiheit geschaffen – ergo sind auch die Folgen der Freiheit, als da sind das Morden und Schlachten, das Böse schlechthin, in Kauf zu nehmen... Zum andern gibt es die Lehre, daß Gottes Existenz an das Werden seiner eigenen Schöpfung angebunden sei, daß er sozusagen an und mit ihr wächst und daher die Unvollkommenheit des Werdenden mit erdulden muß. Gewiß, der Gedanke, sich mit Gott auf dem Weg zu einer besseren Welt zu befinden, hat etwas Verlockendes – wenn man sich mit Lichtenberg nicht fragen müßte, warum ein allmächtiges, allwissendes Wesen (und nur ein solches wäre ja für den Menschen von religiösem Belang) sich überhaupt erst auf die Entstehung einer so unvollkommenen, bedürftigen

Welt eingelassen hat... Schließlich lehren Theologen noch, daß der Schöpfer Leiden und Schuld der Menschen durch den Kreuzestod seines »Sohnes« (also durch sein eigenes Sterben) auf sich genommen und damit die Gottesschuld der mißglückten Schöpfung sozusagen neutralisiert habe.

Papiergeraschel und Wortgeklingel? Ja, das brainstorming der Theologen und Philosophen hat, wo es um die Ehre Gottes geht – und um dies und nichts anderes geht es hier –, die erstaunlichsten Gedankenkonstruktionen hervorgezaubert. Aber jeder noch so clevere Winkelzug oder auch nur an den Haaren herbeigebetete Versuch, Gott als »lieb«, als »gütig« darzustellen, scheitert an der Wirklichkeit des Leidens, wird angesichts des Schreckens, des Entsetzens, mit dem es über die Geschöpfe dieser Erde erbarmungslos hereinbricht, zu nichts. In dieser Welt des Fressens und Gefressenwerdens mindert keine Erklärung das Leid. Da ist es auch kein Trost zu hören, wenn wieder einmal nach alter Theologenweise ein »Geheimnis« bemüht wird, das – analog dem »Geheimnis der Allmacht und Unbegreiflichkeit« Gottes – »auch das Elend seines [des Menschen] Leidens umfaßt« (Hans Küng in »Gott und das Leid«, 1967).

Nein, was zu viel ist, ist zu viel. »Hältst du noch immer fest an deiner Frömmigkeit? Sage dich los von Gott und stirb!« empfiehlt Hiobs Weib dem Elenden auf seinem Scherbenhaufen; denn sie hat eingesehen, daß Gott weder »lieb« noch »gerecht« ist – was immer er sonst auch sein mag. Aber Hiob, Urvater des Leidenden, Urbild der menschlichen Sehnsucht, die von Gott nicht lassen will, bringt es nicht über sich:

»Du redest«, gibt er seiner Frau zurück, »wie die närrischen Weiber. Haben wir Gutes empfangen von Gott und sollen das Böse nicht auch annehmen?«

Für diese offenkundige Unmöglichkeit, sich von Gott »loszusagen«, bringt der jüdische Theologe Lapide in seinem Buch »Er wandelte nicht auf dem Meer« (1984) ein bewegendes Beispiel:

»In Auschwitz saßen einst zehn fromme Juden zusammen und hielten Gericht über Gott. Der Thora getreu und den Propheten gemäß, klagten sie ihren Schöpfer an. Er habe Sein Volk verlassen und sei Seinen Verheißungen untreu geworden.

›Sollte Der Richter aller Welt nicht in Gerechtigkeit richten?‹ So lautete ihr Vorwurf mit den Worten Abrahams (Gen 18,25). Und mit Habakuk begehrten sie auf: ›Herr, wie lange soll ich noch schreien, und Du willst nicht hören? Warum läßt Du mich Bosheit sehen und siehst dem Jammer zu?‹ (Hab 1,2)

Nächtelang ging der Prozeß hin und her, bis schließlich der Urteilsspruch erfolgte: ›Gott ist schuldig.‹ Worauf der vorsitzende Rabbi zu seinen Freunden sagte: ›Kommt, laßt uns zu Ihm beten!‹«

So unterträglich, so unvorstellbar ist der Gedanke an die Leere, in die der Gläubige ohne seinen Glauben zu fallen droht, daß er bereit ist, alle vernünftigen Überlegungen, alle sachlichen Einwände beiseitezuschieben; er nimmt in Kauf, daß Gott *nicht* »lieb« und *nicht* »gerecht« ist, wenn er, der Gläubige, nur überhaupt noch glauben darf, sei's auch nur an einen ungerechten, schuldigen Gott: Herr, sei wie Du willst, tu' mir an, was Dir beliebt – mit jeder Faser meines Herzens, meiner Seele, will ich an Dir hangen und Dich nicht fahren lassen, ginge auch die Welt und ich mit ihr darüber zugrunde!...

Der Schrecken, der auf das Bewußtwerden der Einsamkeit, der Gottverlassenheit folgt, bleibt keinem Denkenden erspart. Da gibt es die Geschichte von Nietzsche und dem alten Karrengaul, den er weinend umhalst. Und der junge Schopenhauer reimt:

»Mitten in einer stürmischen Nacht,
Bin ich mit großen Aengsten erwacht,
Hört' es sausen und hört' es stürmen
Durch Höfe, Hallen und an den Thürmen...
Da that gar große Angst mich fassen,
Fühlt' mich so bang, so allein und verlassen.«

Freilich, die bequemste Art, solche Ängste loszuwerden, ist, sie zu verdrängen. Das klappt bei den meisten Menschen vorzüglich – wohl ihnen! Der Rest sucht Trost im Glauben oder schafft für seinen heimatlosen Geist ein neues Refugium, eine verkappte Religion, sprich eine Ideologie. Auch eine Aufgabe oder ein »Werk« sind dazu angetan, dem nunmehr sinnlos gewordenen Leben einen Sinn zu verleihen und es dem gähnenden Schlund des Nichts zu entreißen. »Man wird mich finden«, hat Schopenhauer beruhigt auf die Frage geantwortet, wo er denn beerdigt werden wolle, denn er hatte den Sinn *seines* Lebens in der Gewißheit der »Unsterblichkeit des Namens« gefunden, die sich ans unvergängliche Werk knüpft.

Einige wenige schließlich, die entschlossen sind zu tragen, was zu tragen ist, finden ihren Trost im Gedanken an einen heroischen Untergang, indem sie die frierende Seele mit Pathos zu umhüllen versuchen. »Freiheit« ist der Name des Garderobenständers, von dem sie sich bedienen. Doch das Mäntelchen von dort ist dünn und kurz, es wärmt nur wenig.

✳

»Kommt!« sprichst Du heute,
und sie kommen – die Wesen.
»Geht!« sprichst Du morgen,
und sie gehen –
für immer!
»Geh!« – die verletzte Blaumeise stirbt in mei-
ner Hand,
»Geh!« – meine Katze stirbt unter Qualen,
»Geh!« – das Geliebteste auch!
Scheidender Blick aus erlöschenden Augen –
Ach! sie gehen ja alle:
Zurück zum Staub heißt Du die Menschen-
kinder kehren –
Wenn »Komm!« Dein erstes Wort,
kann »Geh!« Dein letztes sein?

Dem Autor dieses Gedichts (es ist Fridolin Stier, 1902–1981, er lehrte in Tübingen Theologie) ist der Glaube an den »lieben Gott« gewiß nicht leichtgefallen. Wer viel sieht, viel begreift (mithin viel leidet an der Welt), für den vergrößert sich der Aufwand, der nötig ist, den Glauben an eine wohlgesinnte Allmacht zu wahren. Die Frage, warum Gott das Leiden zuläßt, ist uralt; sie wurde nicht nur gestellt, es hat darauf auch, wie wir schon wissen, gelehrte Antworten gegeben. Für beides, Frage und Antwort, gibt es seit Gottfried Wilhelm Leibniz (1646–1716) eine gängige Bezeichnung: Theodizee.

Theodizee ist der Versuch, Gott angesichts des Weltenelends vor dem Richterstuhl der menschlichen Vernunft zur Rechenschaft zu ziehen. Auch heute noch, in unseren Tagen, finden sich Leute, um dieser dummen Geschichte auf kluge Weise zu Leibe zu rücken. Doch die Antworten auf die simplen Fragen, wie der allmächtige Gott uns zum »unfreiwilligen Spielopfer« werden lassen kann, wieso er »Krankheit, Schwachsinn, den oft so unwürdigen Verfall der Persönlichkeit im Alter« sowie das »Grundgesetz der Evolution«, jenes »grausame Spiel, das uns Staunen und Schaudern lehren kann« (Küng), zuzulassen bereit ist, sind wieder einmal – Gott sei's geklagt! – Kopfgeburten, nulliges Zeug.

Bei Leibniz selbst, dem Philosophen und überzeugten Christen im Zeitalter des Barock, findet Gott einen gnädigen Richter. Für ihn stand fest, daß Gott unter allen möglichen Welten nur »die beste« erschaffen hat; die Annahme, daß es noch eine bessere als die geschaffene geben könne, widerspräche, so Leibniz, der Idee von der göttlichen Allmacht, der göttlichen Güte. Im übrigen: War alles Übel auf Erden nicht die Bedingung des Guten? Wurde aus der Asche des Vulkans nicht fruchtbares Land?

Gewiß, es wurde. Doch dieser Gedanke versöhnt so wenig wie der Glaube, daß bei allem, was geschieht, und sei es auch das Schrecklichste, sich »Gott an Gesetze gebunden [hat], die alles begründend, in ihm begründet sind« (Küng). Auch wohlklingende Sentenzen wie jene von Paul Claudel, die zu wissen vorgeben, daß »Gott nicht gekommen ist, um das Leiden aufzuheben. Er ist nicht einmal gekommen, um es zu erklären. Aber er ist gekommen, um es mit seiner Gegenwart zu füllen« tönen zwar beim ersten Hinhören recht imposant, sind in Wahrheit aber nichts anderes als eben nur leere, gutgemeinte Sprüche.

Um es kurz zu machen: Eine »Rechtfertigung Gottes« für das von ihm verschuldete oder doch zugelassene Leiden in der Welt gibt es nicht. »Der Gedanke der Theodizee setzt Güte und Gerechtigkeit Gottes voraus, ein sittliches Band, das ihn mit seinen Geschöpfen verknüpft«, heißt es im »Jüdischen Lexikon« von 1982. Das aber ist der Haken an der Sache: Der Gedanke *setzt voraus*. Bei einem Wesen, von dem wir nichts wissen, an das wir bestenfalls glauben können, gibt es nichts vorauszusetzen. Hier mit menschlichem Maßstab zu messen, eben mit »Güte und Gerechtigkeit«, ist ein fragwürdiges Unterfangen. Doch auch diese Einsicht ist nicht neu: »Darum bekenne ich, daß ich habe unweise geredet, was mir zu hoch ist und ich nicht verstehe« (Hiob 42,3).

Auch Immanuel Kant hat versucht, die Einsicht unter die Leute zu bringen, daß sich vom seichten Grund des Glaubens aus gegen Gott weder rechten noch richten läßt. Nachdem er sich die Leibnizschen Thesen zu Gemüte geführt, veröffentlichte er 1791 einen Aufsatz mit dem eindeutigen Titel »Über das Mißlingen aller philosophischen Versuche in der Theodicee«. Ein Jahrzehnt zuvor war seine »Kritik der reinen Vernunft« erschienen, mit der er u. a. den Anspruch der alten Metaphysiker, Gottes Dasein mit den Mitteln der Vernunft beweisen zu können, ad absurdum geführt hatte. In der Vorrede zur zweiten Auflage dieses Buches findet sich der bezeichnende Satz, daß man »das Wissen aufheben« müsse, »um zum Glauben Platz zu bekommen«. Konkret: Unser Glaube an Gott war eben nur ein Glaube, den man aus Gründen der Redlichkeit, der Wahrhaftigkeit vom Wissen deutlich unterscheiden mußte. Nur so konnte man sicher sein, sich nicht im Gestrüpp widersinniger Behauptungen zu verfangen.

Gott, so Kant, war eine Idee unserer Vernunft, keine Sache in der Welt, über die man hätte rational befinden können. Mithin war die Vernunft auch nicht in der Lage, etwas auszusagen über Gottes Verhältnis zum Leiden oder anderen Ereignissen, mochten diese nun gut oder böse sein; alle »philosophischen Versuche in der Theodizee« mußten darum »mißlingen«: »Die Theodizee hat es... nicht sowohl mit einer Aufgabe zum Vorteil der Wissenschaft, als vielmehr mit einer Glaubenssache zu tun.« Worauf es ankam, war, uns das »Unvermögen unserer Vernunft« einzugestehen sowie »auf die Redlichkeit, [unsere] Gedanken nicht in der Aussage zu verfälschen, geschehe dies auch in noch so frommer Absicht, als es immer wolle«.

Das war kein sensationeller, aber durchaus vernünftiger Bescheid – der übrigens so ähnlich auch bei einem Philosophen unserer Tage, dem Gießener Professor Odo Marquard in dessen Aufsatz »Schwierigkeiten beim Ja-Sagen« nachzulesen ist: »Die Theodizee aufzuwerfen ist, wo Gott im Spiel ist, doch wohl ganz und gar unvermeidlich.« Aber die Antworten der Theodizee hält auch er für »durchweg unzureichend... Darum haben wohl diejenigen recht, die dem Vertrauen auf Gott das letzte Wort geben...«

Hier aber beißt sich unsere Katze in den Schwanz: Vertrauen zu wem? Zum Schöpfer und Erhalter *dieser* Welt? So fügt denn auch Odo Marquard seiner Überlegung vom Glauben als »letztes Wort« noch hinzu: »...das nicht zu können ist dann das eigentliche Unglück.«

17 Wie war das noch, damals, in den »Oberen Kreisen und Rängen«? Ganz ähnlich wie bei jenem »großen Reueanfall und Gesamtersäufnis« durch die Sintflut, war »das Maß wieder einmal voll geworden, war die Milde erschöpft, Gerechtigkeit fällig gewesen«, und dies angesichts eines Geschöpfs, das der höchst eigenen Allmacht, dem bloßen »Es werde!«, sein Dasein verdankte.

Worum war es gegangen? Um den Menschen, wieder einmal um den Menschen, jenes Wesen »zwischen Tier und Engel«, im vorliegenden Fall um den biblischen Joseph, den seine Dünkelhaftigkeit »in die Grube« gebracht hatte. Darüber war in den »Oberen Kreisen« seitens der Engel, der »Kämmerer des Lichts«, »spitzig-sanfte Genugtuung und leisetretende Schadenfreude« entstanden, »blickweise ausgetauscht im Begegnen unter züchtig gesenkten Wimpern hervor bei gerundet herabgezogenem Munde...«

Thomas Mann erzählt uns diese Geschichte in seinem »Joseph«-Zyklus; sie handelt vom Fehlgriff des Schöpfergottes, von dessen schuldhaftem Versagen bei der Erschaffung des Menschen und, mithin, von der verminderten Schuldfähigkeit des mißratenen Geschöpfs, das von allem Anfang nur in Maßen für seine Unvernunft, für seine Vergehen und Verbrechen zur Rechenschaft gezogen werden konnte – wie schon zu ersehen beim »Gründer des Brudermordes«, bei Kain nämlich, »dessen Gespräch mit dem Schöpfer nach der Tat in den Zirkeln ziemlich genau bekannt war und viel kolportiert wurde«.

Dieses »Gespräch« war auf nichts anderes hinausgelaufen, als den Allmächtigen auf seine Mitschuld am Brudermord hinzuweisen. Und wahrhaftig: »Man hatte nicht gerade sehr würdevoll abgeschnitten bei dem Eva-Sohn mit Seiner Frage: ›Was hast Du getan? Die Stimme Deines Bruders schreit zu mir von der Erde, die ihr Maul aufgetan hat, sein Blut zu nehmen von Deiner Hand.‹ Denn Kain hatte geantwortet: ›Allerdings habe ich meinen Bruder erschlagen, es ist traurig genug. Wer aber hat mich geschaffen, wie ich bin, eifersüchtig bis zu dem Grade, daß sich gegebenen Falles meine Gebärde verstellt und ich nicht mehr weiß, was ich tue? Bist Du etwa kein eifersüchtiger Gott, und hast Du mich nicht nach Deinem Bilde erschaffen? Wer hat den bösen Trieb in mich gelegt zu der Tat, die ich unleugbar getan? Du sagst, daß Du allein trägst die ganze Welt, und willst unsere Sünde nicht tragen?‹ – Gar nicht schlecht.«

Gar nicht schlecht! In der Tat, der Glaube, daß Gott mitschuldig ist an den Untaten Seiner Geschöpfe, scheint schon zu Adams Zeiten aktuell gewesen zu sein; er gipfelt in der Frage, wer wir denn eigentlich sind. Was ist der Mensch? Was hat Gott aus ihm gemacht? Ist er nur »das Produkt von Gottes Neugier nach sich selbst« (Th. Mann), nur ein Ding in der Welt, ein Spielzeug zu Seiner Unterhaltung, ein belebtes, programmiertes Stück Materie, dessen Denken und Forschen am Ende nichts anderes zutage fördert als die mühsam gewonnene und höchst unerfreuliche Erkenntnis, daß es mit der »Krone der Schöpfung«, mit der »Freiheit des Willens« nur eine Illusion, nur ein ausgemachter Schwindel ist? »Als der Pfeil«, so noch einmal Fridolin Stier in einem seiner Gedichte –

»Als der Pfeil
von der Sehne geschnellt,
zielwärts dahinflog,
vergaß er,
was mit ihm geschehen,
und dünkte sich fliegend
aus eigener Kraft,
wähnend,
was er mußte,
zu wollen.«

Ist *das* der Mensch? Es scheint so. In den Naturwissenschaften, deren Forschungsobjekt der homo sapiens ist, geistert das böse Wort von den »Kränkungen«, die durch die Einsicht verursacht wurden, daß der Mensch nicht nur nicht Mittelpunkt der Welt, sondern nicht einmal »Herr im eigenen Hause« ist.

Schon Sigmund Freud meinte drei solcher Demütigungen ausfindig gemacht zu haben: erstens die kosmologische Kränkung (die Erde dreht sich um die Sonne und nicht umgekehrt); zweitens die biologische Kränkung (der Mensch ist kein »Sondergeschöpf«, sondern findet seinen Stammbaum im Tierreich); und schließlich eine dritte Kränkung, die man die psychologische genannt hat: die Einsicht, daß nicht der freie Wille, sondern Unbewußtes unser Wollen und Handeln maßgeblich bestimmt.

Inzwischen sind einige weitere »Kränkungen« dazugekommen; es scheint, als käme der Mensch aus dem Gekränktsein gar nicht mehr heraus. Professor Gerhard Vollmer zählte in einem Funkkolleg (»Was können wir tun?«, 1993) deren zehn; sie reichen von der »Entdeckung der Tiefenzeit« (der Mensch als vorerst letztes Glied in einer scheinbar endlosen Kette vorausgegangener evolutionärer Schöpfungsakte) bis hin zur Neurobiologie, die die »unsterbliche Seele« oder die »Willensfreiheit« mit einem unübersehbaren Fragezeichen versieht. Führt des Menschen Weg also tatsächlich, wie Nietzsche einmal klagte, »ins durchbohrende Gefühl seines Nichts«?

Nicht notwendigerweise. Selbstwertgefühle müssen ja nicht an – beispielsweise – kosmologische Fakten gekoppelt sein. Sind sie es dennoch, dann freilich verdiente die Korrektur eines mit der Realität nicht übereinstimmenden Weltbildes viel eher eine intellektuelle Bereicherung als eine Kränkung genannt zu werden.

In seiner »Farbenlehre« hat Goethe »die Lehre des Kopernikus« eine Sache genannt, »die denjenigen, der sie annahm, zu einer bisher unbekannten, ja ungeahnten Denkfreiheit und Großheit der Gesinnung berechtigte und aufforderte«. In der Tat ist nicht einzusehen, warum der Mensch nicht lernen sollte, seinen Mittelpunktswahn zu überwinden und die Dinge zu nehmen, wie sie einmal sind, ohne sich dabei von dem »durchbohrenden Gefühl«, ein »Nichts« zu sein, überwältigen zu lassen – zumal die »Großheit der Gesinnung« nur zu seinem Vorteil wäre. »Macht euch die Erde untertan«: Allgegenwärtig sind inzwischen die Schäden, die die Befolgung dieses alttestamentarischen, aus Überheblichkeit geborenen Satzes, der nichts wissen will von einer Verknüpfung des Teils mit dem Ganzen, verursacht hat.

Doch zurück zum »Gründer des Brudermordes« und dessen »gar nicht schlechter« Frage nach der Mitschuld Gottes an den Missetaten Seiner Erdenkinder. Kain »ergrimmte«, so steht in der Bibel zu lesen; und etwas später heißt es lapidar: »Er erhob sich wider seinen Bruder Abel und schlug ihn tot.«

Und schlug ihn tot. Ist er aber darum auch ein Mörder? Entscheidend wäre es, die Frage zu klären, ob er aus freier Willensentscheidung gehandelt oder nur dem Drang einer unbeherrschbaren Neigung erlegen ist. Geht Kains »Grimm« *auch* auf Kosten seines Schöpfers, will sagen: Sind Tun und Lassen des Menschen durch Veranlagung, Vererbung vorgegeben, dann kann er, was immer er auch tut – und sei es der Mord an einem Bruder –, nur bedingt zur Rechenschaft gezogen werden.

Wahrscheinlich trifft Schopenhauer den Nagel auf den Kopf, wenn er sagt, daß es uns freisteht, zu tun, was wir wollen, daß wir aber unser Wollen nicht bestimmen können. Konkret: Für unsere Mordinstinkte dürfen wir getrost den Himmel, für deren Realisierung aber nur uns selbst verantwortlich machen. Wo aber ein unbezähmbarer Trieb klares Denken außer Kraft gesetzt und vielleicht nicht wiedergutzumachenden Schaden in die Welt gebracht hat – wer wagt es da, den ersten Stein zu werfen?

Wissen wir also, zu wem wir unsere Herzen erheben, zu welchem Gott uns unsere »Sehnsucht«, unser »Hunger nach Transzendenz« oder auch der schlichte Glaube via Leiden zwingen? Gewiß, der Mensch ist mit-verantwortlich für seine Taten, sollte es immerhin sein. Und doch bleibt die Frage, wie denn Er in Seiner Allmacht etwas so Unvollkommenes erschaffen konnte wie jenes Wesen, das durch den Mißbrauch seiner eingeschränkten Freiheit Elend über alle Welt zu bringen imstande ist und sich selber schon auf Erden die Hölle bereitet.

»Und Gott, der Herr, schuf den Menschen nach seinem Bilde, zum Bilde Gottes schuf er ihn«, steht im Buch Genesis zu lesen. *Nach seinem Bilde!* Habt ihr bedacht, ihr fromm-laudierenden Sänger, was das besagen will? »Wie der Herr, so's Gescherr«, heißt es im Zungenschlag unserer Rheingau-Pilger… So viel steht fest: Wäre der Satanskult, die Verehrung des Bösen Prinzips, nicht aus den gleichen Gründen wie der Kult um dessen Gegenteil ein ausgemachter Unfug, er wäre in der Tat die angemessenere Reaktion auf jene Mechanismen, die die Menschheit und die Welt bewegen.

Seht euch um: Widerstreitet nicht die Realität der Ereignisse aufs eindringlichste der Idee von einem gütigen Vatergott? Ein Vater sieht wohl eine Weile zu, wenn seine Kinder sich prügeln; aber wenn es ernst wird, schreitet er ein und gebietet ein Halt. Wann, o Gott, hast Du jemals Halt gesagt angesichts des Mordens und Schlachtens, das Deine Kinder tagaus-tagein aneinander begehen? Sogar Deine Priester haben sich nicht gescheut, Scheiterhaufen zu errichten – überall stank gebratenes Menschenfleisch in Deinem Namen zum Himmel. Rede Dich, Gott, nicht auf die Freiheit des Menschen heraus; sage nicht, sie hätten auch anders gekonnt. Sehr oft, zu oft, konnten sie es nicht, weil der Trieb, den Du in sie gelegt hast, übermächtig war und ihre bescheidene Freiheit zunichte gemacht hat.

Was also ist mit Dir? In den alten Zeiten, heißt es,

hast Du mit Flammenschrift Dein Zeichen an die Wand geschrieben. Aber heute? Warum schweigst Du so beharrlich, warum greifst Du nicht ein, wo Du es könntest? »Dort, wo er hätte helfen können, war er nicht da. Als man sechs Millionen Menschen ermordet hat, habe ich keinen Gott gesehen« (Reich-Ranikki). Und in Hochhuths »Stellvertreter« stellt ein alter Jude auf seinem Weg nach Auschwitz die furchtbare Frage:

>*Du maßloser Gott – ist der Mensch Dir*
Am ähnlichsten, wo er maßlos ist? Ist er
Ein solcher Abgrund von Ruchlosigkeit, weil Du
Ihn nach Deinem Bilde geschaffen hast?«

Schon die Bibel ist voll der Klagen und Anklagen gegen den vermeintlichen Schöpfer. »Herr, wie lange willst du mein so gar vergessen? Wie lange verbirgst du dein Antlitz vor mir? / Wie lange soll ich sorgen in meiner Seele und mich ängstigen in meinem Herzen täglich?« klagt der Psalmist (13,2 und 3). Hiob windet sich in seiner Asche, und Jesus von Nazareth stirbt in Verzweiflung: »Mein Gott, warum hast du mich verlassen?«

Ja, warum? Im eingangs erwähnten »Joseph«-Roman hat der greise Jakob, Stammvater der Israeliten, ob des Leids, das Gott ihm zugefügt, nur »die Hände ob der Brust ineinandergetan und die Stirn zu den Wolken gewandt: da hinauf schüttelte er langsam das alte Haupt«; und seine Enkelin, ein lieblicher »Sangesmund«, singt beschwichtigend von einem »Gottes-Scherz«. Der Dichter selbst freilich, Thomas Mann, sprach privatim angesichts des Leidens in der Welt von einer »großen Schweinerei«, wobei er nicht so sehr ans selbstverschuldete dachte, sondern an die zweite Quelle unserer Misere, jene nämlich, die unverschuldet über uns kommt »wie der Dieb in der Nacht« und an Grausamkeit der ersten nicht nachsteht.

Lobe den Herrn, meine Seele! Du hast die Erde auf ihren Pfeilern gegründet, daß sie nimmermehr wankt! (Psalm 104,5)

Von Voltaire, der noch schnell vor Torschluß seinen Frieden mit Kirche und Himmel gemacht hat (»Ich sterbe in der Anbetung Gottes... und in Verachtung des Aberglaubens«) ist überliefert, daß er bei der Nachricht vom großen Erdbeben in Lissabon (1755), bei dem 32 000 Menschen ums Leben kamen und das die Stadt und das Umland in ein Trümmerfeld verwandelte, im Namen der Vernunft Protest erhoben hat; gegen die Widersinnigkeit der Katastrophe revoltierte sein aufgeweckter Geist. Doch wen tröstet schon solch hilfloses Aufbegehren? Die Karawane der apokalyptischen Reiter (es sind deren mehr als nur die vier von Albrecht Dürer verewigten, Pest, Krieg, Hunger und Tod) zieht unberührt und immer weiter ihre Spur der Verwüstung.

Lobe den Herrn, meine Seele! Es wartet alles auf dich, daß du ihnen Speise gebest zu seiner Zeit. Wenn du ihnen gibst, so sammeln sie; wenn du deine Hand auftust, so werden sie mit Gut gesättigt! (Psalm 104,27/28)

Welch groteskes, verabscheuungswürdiges Schauspiel: Die gequälte Kreatur, Deine Geschöpfe, o Gott, sind um des Überlebens willen dazu verdammt, sich gegenseitig zu zerfleischen, sich aufzufressen. Selbst

Albrecht Dürer: »Die vier Reiter«: Lobet den Herrn…?

Wesen derselben Art, vom Menschen abwärts bis hinunter zu den Spinnen und Insekten, bringen einander um, aus Hunger oder dem eingeborenen Trieb, den eigenen Genen (so belehrt uns die Soziobiologie) Weiterleben zu verschaffen. »Überlebenskampf« heißt diese unappetitliche Strategie der Evolution. Hans Küng schreibt dazu in seinem schon erwähnten Buch:

»Wie oft war der Mensch nicht nur freier Spielpartner, sondern unfreiwilliges Spielopfer, wie oft hat er nicht gespielt, sondern ist ihm mitgespielt worden, übel mitgespielt worden. Keine Frage: Ist doch die Evolution und das mit ihr Erreichte keineswegs vollkommen, sondern oft so bruchstückhaft, vorläufig, widersprüchlich ... Gerade das *Grundgesetz der Evolution* – die Auslese des Starken, der überlebt, auf Kosten des Schwachen, der untergeht – ist ein *grausames Spiel*, das uns Staunen und Schaudern lehren kann und dessen Unbarmherzigkeit selbst so tiefgläubige Denker wie etwa Reinhold Schneider zu Zweiflern an ihrem Herrgott werden ließ.«

Nicht, daß wir zu Dankbarkeit und Liebe unfähig wären. Doch wer liebt noch, sagt Dank, wenn Natur, jenes »grausame Spiel der Evolution«, über ihn hereinbricht, wenn er unverschuldet in den Reißwolf Seiner Schöpfung gerät? Haben die 36 000 Menschen, die im Gluthagel des Krakatau ihr Leben lassen mußten, noch gedankt, geliebt?

»Freunde, überm Sternenzelt/Muß ein lieber Vater wohnen ...« Muß er? Ach, dieser schöne Gedanke vom liebenden Vater da droben, er tröstet nicht hinweg über die bittere Realität der Katastrophen, des unverschuldeten Leidens, über den monströsen Un-

sinn dieses Seins, in das wir hineingesetzt, hineinge-
zwungen sind. »Wenn«, fragt Jean Guitton, der christliche Philosoph unserer Epoche, »uns das Rätsel
dieses kosmischen Codes von seinem Urheber aufge-
nötigt worden ist – bilden unsere Entzifferungsbemü-
hungen dann nicht eine Art von Muster, so etwas wie
einen immer klarer werdenden Spiegel, in dem der
Urheber der Nachricht die Erkenntnis erneuert, die er
von sich selbst hat?« Gütiger Himmel! Wie kann es
uns noch angesichts des Weltendramas berühren, daß
etwas oder jemand »die Erkenntnis von sich selbst
erneuert«? Gibt es ein Wunder auf dieser Erde, dann
ist es dies, daß Menschen aller Misere zum Trotz der
teilnehmenden Sorge, der Liebe zum Nächsten noch
immer fähig und auch willens sind.

Aber vielleicht wird ja dereinst in der Ewigkeit alles
besser, alles vollkommener sein, und wir finden Ent-
schädigung für alle Schmerzen, alles Elend hienieden?
Mit Verlaub, bei einem Baumeister, dem die Erschaffung des Diesseits so gründlich danebengeriet, dürfen
Zweifel erlaubt sein, ob es mit dem Jenseits so sehr viel
besser bestellt ist. Schon Immanuel Kant hatte da offenbar seine Bedenken. Es sei wohl, fand er, »höchst
gewagt, sich für einen völlig unbekannten und doch
ewig dauernden Zustand zu entscheiden und sich will-
kürlich einem ungewissen Schicksal zu übergeben,
das ungeachtet aller Reue über die getroffene Wahl,
ungeachtet alles Überdrusses über das endlose Einerlei
und ungeachtet aller Sehnsucht nach einem Wechsel
dennoch unabänderlich und ewig wäre«.

Lobe den Herrn, meine Seele! Alles, was Odem
hat, lobe den Herrn! Halleluja! (Psalm 150,6)

Die vier Würgeengel, soviel ist ausgemachte Sache, halten uns fest in ihrem Griff. Die angedrohte Apokalypse muß nicht erst kommen. »Apocalypse Now!«... Die Frage, ob sie an Gott oder ein Leben im Jenseits glaube, beantwortete einmal die schon greise Marlene Dietrich in einem Filmportrait mit einem schlichten Nein und merkte an, ganz Berliner Schnauze: Gibt es eine höhere Macht, dann ist sie meschugge...

Aber vielleicht ist die ja gar nicht meschugge, die höhere Macht, sondern nur ganz einfach »unbekannt verzogen«, wie es in einem Gedicht von Erich Kästner heißt? Eingedenk der fruchtlosen Versuche von Theologen, Gottes Schweigen zu erklären und jenes Weltenelend zu rechtfertigen, das zu rechtfertigen bei klarem Verstand kein Mensch imstande ist: Wäre es da nicht einfach das Beste für Gott, wenn er nur schlicht »eine schöne Erfindung« wäre, »eine Erfindung von Literaten« (Reich-Ranicki)?

Um Erklärungen für das Zustandekommen der Idee von einem allgewaltigen Wesen waren und sind Philosophen und Psychologen niemals verlegen gewesen; dafür stehen Namen wie (um hier zwei Prominente ihrer jeweiligen Zunft zu nennen) Ludwig Feuerbach und Sigmund Freud. Tatsächlich scheint es so zu sein, daß der Mensch ohne den Glauben an eine höhere, leiderlösende Macht nur ungern seinen Pakken trägt. Wie anders ist es zu erklären, daß angesichts einer zum Himmel schreienden Unvollkommenheit der Welt Menschen ihre Stimmen erheben, um (wie der Psalmist) Ihm devot ihr »Gotteslob« zu singen?

»Die einzige Entschuldigung für Gott ist, daß es ihn nicht gibt«, befand Stendhal. Voltaire freilich meinte dazu, daß man Gott erfinden müßte, wenn er nicht schon existierte: »...aber die ganze Natur ruft uns zu, daß er existiert.« Wenn dem so ist, dann steht es, eingedenk des oft so schrecklichen Leidens von Menschen und Kreatur, nicht gut um die Antwort auf unsere Frage, ob wir denn wissen, zu welchem Gott wir beten, rufen, flehen: Ein »allmächtiger, gütiger Vater im Himmel«, wie man uns einzureden sucht, kann es nicht sein.

Wozu dann aber überhaupt noch »Gott«? Wie wir aus Erfahrung wissen, will oder kann Er uns nicht helfen, uns vor den schlimmen Folgen Seiner Schöpfungslust in Sicherheit zu bringen. Sollten wir Ihm darum gram sein? Wir könnten es, wir müssen es nicht:

»Ich hasse dich nicht«, sagt in Sartres »Fliegen« Orest zu Jupiter, dem Obersten der Götter. »Was gibt es von dir zu mir? Wir werden aneinander vorübergleiten wie zwei Schiffe. Du bist ein Gott, und ich bin frei: wir sind gleichermaßen allein...«

18 Der Tag, unser letzter in Lourdes, beginnt zur unchristlichen Stunde. Was alles steht für heute noch auf unserem Programm! Ein Abschluß- und Dankgottesdienst mit Reisesegen, Verabschiedung von den Kranken im »Accueil« sowie Stadt- und Mühlenbesuche. Mitbringsel wollen auch noch besorgt sein. Schließlich Bustransfer von den Hotels zum Bahnhof – der Sonderzug wartet schon auf dem Gleis...

Das Nieselwetter von gestern hat nichts Gutes ahnen lassen – Wasser satt. Ja, es regnet mal wieder, nicht stark, aber ununterbrochen. Im Hochgebirge liegt Schnee, was nichts Besonderes ist; aber heute morgen hat sogar die Kuppe des Pic du Jer eine weiße Decke. Einmal, wenngleich nur für Augenblicke, hagelt es. Nein, das ist, vom Atmosphärischen her gesehen, kein freundlicher Abschied, eher Hundewetter, grau in grau.

Zuerst also der Gottesdienst. Er wird in einer neuen Kirche zelebriert, der »St. Bernadette« auf der rechten Seite des Gave gegenüber der Grotte. Auf dem Weg dorthin besuchen wir noch auf die Schnelle Unsere Liebe Frau. Eine italienische Pilgergruppe feiert dort unter aufgespannten Schirmen eine Messe. Der Regen hat die Kerzen auf dem großen Ständer vor der Grotte bis auf eine, die oberste, gelöscht.

Die Kirche zur Heiligen Bernadette – sie ist zu dieser frühen Stunde noch ohne Besucher – ist in ihren Dimensionen mit der Unterirdischen Basilika nicht zu vergleichen. Dennoch finden auch hier einige tausend Menschen Platz auf den nach hintenhin aufsteigenden Bankreihen. Mit seiner modernen Beton-

Stahlrohr-Konstruktion, seinen verschiebbaren Innenwänden und einem bühnenartig errichteten Altar verbreitet dieses Gebäude eine anheimelnde Kühle – man hält es darin aus, ohne an Zweckentfremdendes wie parkende Autos denken zu müssen.

Ein geistlicher Herr (nennen wir ihn Pater Hans) erwartet uns schon, um vor der Messe noch zwei, drei Lieder mit uns einzuüben. »Grüß Gott und Guten Morgen, meine lieben Mitchristen«, sagt er – und es ist klar, woher er kommt: aus dem Fränkischen, aus der Nürnberger Ecke. Während er redet, sieht er über unsere Köpfe hinweg in die leeren Ränge hinauf. Pater Hans ist ein gestandener Mann. Eher klein, doch füllig von Statur, erinnert er an Ludwig Thomas »Kindlein« aus den »Lausbubengeschichten«...

»Dies ist der Tag, den der Herrgott gemacht. Lasset uns freuen und fröhlich sein!« – so lautet der Text unseres ersten Liedes. Der Pater singt mit leicht schwankender Baßstimme vor, wobei er sich gelegentlich, zumal in den oberen Lagen, um eine halbe oder auch ganze Note vergreift. Doch mit sicherem Gespür findet er immer wieder in die korrekte Tonfolge zurück. Dann ist die Reihe an uns. »Nur Mut«, ermahnt er uns, denn unser Singsang ist tatsächlich etwas zaghaft, etwas mager ausgefallen, »nur Mut und die Zähne auseinander! Und lassen Sie mal ruhig das ›Halleluja‹ mehr von oben herunterplätschern!« Wir fassen Mut und lassen es plätschern. Dann folgt ein zweiter Freudengesang. Und dann beginnt die Messe.

Für seine Predigt hat Pater Hans ein aktuelles Thema gewählt, eines, das wie kein anderes hierher an den Gave paßt: das Thema »Wunder«. Wie wörtlich, so die

Ausgangsfrage, seien die biblischen Berichte von der österlichen Auferstehung zu nehmen? Zwei Richtungen der Exegese, doziert der Pater, gäbe es da: eine, die die alten Überlieferungen nur für Bilder, für Gleichnisse nähme, ohne ihre historische Wahrheit anzuerkennen (»dies aber, meine lieben Mitchristen, ist falsch!«); und eine zweite, sozusagen orthodoxe, die da lehre: Alles ist wortwörtlich zu nehmen, ganz so wie es im Buche steht... »Also ist Jesus, unser Herr, im *Fleische* aus dem Grabe auferstanden?« *So*, sagt Pater Hans, den Blick zur Decke gerichtet, dürfe man das auch nicht sehen. Wie aber dann? Kurz, die Wahrheit liege im *Glauben!* Nicht das *Wie*, sondern das *Daß* der Auferstehung sei das Entscheidende, eben das, worauf es dem Christen ankommen müsse. »An diesen Glauben aber«, sagt der Pater, »an diese Wahrheit wollen wir uns halten; dies wollen wir bezeugen!« – Amen.

Augen zu und durch? – Doch hören wir weiter, und versagen wir uns kleinlich-spitzfindige Fragereien. Denn schon kommt Pater Hans zum nächsten Punkt seiner Predigt, dem »Sakrament des Altars«, dem »geheimnisvollen (sic!) Wunder der Wandlung von Brot und Wein in Fleisch und Blut unseres Herrn«, um von dort seinen rhetorischen Bogen zum »Marienwunder« zu schlagen, den »Wundern der Grotte« und den Forderungen Unserer Lieben Frau nach Prozessionen, Gebeten und Buße.

Mir kommt, während der Pater redet, ein Brief Prälat Straubingers an einen Freund in den Sinn, in dem er eingedenk grassierender Marienerscheinungen in aller Welt klagte: »Während im Mittelalter und bis zur Margareta Alacoque Jesus erschien, erscheint jetzt fast nur noch die Muttergottes, und zwar in einer derart aufdringlichen Weise, daß sie für sich neue Kirchenbauten und neue Ehren verlangt und dem Papst durch Kinder Botschaften schickt. Das ist verdächtig. Eine heilige Person verlangt doch nicht Ehren für sich…«

Pater Hans kommt zum Ende seiner Predigt. Sein Summa summarum lautet schlicht: »Glaubt und vertraut!« Und wie er da steht, den Blick nach oben, die verschränkten Finger gegen die Brust gedrückt, darf kein Zweifel erlaubt sein: Was er sagt, kommt ihm von Herzen!

Dann folgen die heilige Handlung und der Reisesegen. – Der Gottesdienst ist zu Ende.

Als wir das Gotteshaus verlassen, hat es zu regnen aufgehört. Schon wieder ein Wunder? Noch glänzt naß der Asphalt, aber der Himmel ist klar, die Sonne hat sich ihren Weg durch die Wolken erzwungen. Wir gehen über den Steg zum anderen Gave-Ufer und ein Stück an der Arkade entlang zum »Accueil«, um auch dort Abschied zu nehmen. Danach gehören die verbleibenden Stunden einem letzten Bummel durch die Stadt.

Wieder sind wir in kleiner Runde unterwegs, diesmal in Begleitung der beiden munteren Damen aus dem Nachbar-Abteil unseres Pilgerzugs, Kennwort: »Erbsenfeld«. B. und seine Mutter sind heute nicht dabei, sie haben, wie ich höre, seit dem gestrigen Vorfall auf der Burg ihr Hotel nicht mehr verlassen. So geht es also noch einmal durch Lourder Gassen und Gäßchen, über den Rummelplatz der Souvenirgeschäfte, auf die Heilige Kirmes. Ein letztes Mal zwinkert uns der gekreuzigte Jesus zu; ein letztes Mal sprudelt für uns aus der Mini-Grotte der Gnaden-quell, akustisch verschönt durch ein »Ave Maria«...

Ave Maria: Seit zwei Tagen, dem Beginn eines »Internationalen Festivals für Sakrale Musik«, wird an allen Straßenecken und auf allen Plätzen der Stadt musiziert. Durch die ganze lange Rue de la grotte ertönt aus eigens installierten Lautsprechern Vivaldi. Straßenmusikanten geben zum Besten, was den Ohren wohltut und die Seelen erhebt. Ihr Repertoire haben sie dem Geist von Lourdes angepaßt. Irgendwie erinnern Auswahl und Vortragsweise ihrer Stücke an die bewußten Plastikmadonnen mit den abschraubbaren Kronen... Den Leuten, sagen sich die Künstler der Straße, muß man Schmankerl servieren, das stimmt milde und füllt die Kassen. Also fiedeln sie drauf los – und blasen. Blasen vor allem. Am Place Jeanne d'Arc erflötet sich ein Tramp mit Händels »Largo«, dem bewußten Ohrwurm, ein paar Francs. Und am Pont Vieux hat ein Schotte mit seinem Dudelsack sein Publikum gefunden. Er dudelt außer Konkurrenz aus vollen Lungen. Wir hören Bizets »Agnus Dei« und gleich darauf noch das »Ave Maria« der Herren Bach-Gounod. Da bleibt kein Auge trocken.

Musik, Musik... Besagtes Festival ist in Lourdes ein jährlich wiederkehrendes Ereignis von überregionalem und künstlerisch nicht zu unterschätzendem Rang. In den Straßen ist das halbe Orchester mit seinen Geigen- und Cellikästen unterwegs, man geht zu den Proben oder kommt von dort zurück. Für die Abendkonzerte gibt die Rosenkranzbasilika den festlichen Rahmen. Auf dem Programm stehen in diesem Jahr unter anderem Rossini, Bach, Vivaldi, Mahler...

Gewiß, Lourdes ist in diesen Tagen mehr als nur das Lourdes der Grotte – freilich nicht für uns. *Wir*, unser Grüppchen, bewegt sich auf den Spuren Bernadettes. Was ist noch zu sehen, zu besuchen? Noch abzuhaken auf den letzten Drücker? Mühlen! Die Mühle Boly. Die Mühle Lacadé. – Packen wir es an.

Beide Häuser liegen unterhalb der Burg in der Rue Bernadette Soubirous, einem engen, winkligen Gäßchen. Es klappert die Mühle am rauschenden Bach? Wo ist der Mühlenbach geblieben, den es doch hier gegeben haben muß? Hat man ihn unter die Erde verlegt? Ihn in Rohre gezwängt? Umgeleitet? Ausgetrocknet? Statt des rauschenden Baches quetschen sich Autos durch die schmale Gasse und bringen sich und die Mühlenbesucher in die Bredouille.

Bernadette kam in der unteren Mühle zur Welt, der »Boly«. Eine Tafel am Haus erklärt in sechs Sprachen, an welch ehrwürdigem Ort wir uns befinden: »Hier ist die Mühle des Glücks, wo Bernadette bis zum Alter von 10 Jahren heranwuchs mit ihren Brüdern und Schwestern und Mama und Papa, die sich innig liebten...«

Die »Mühle des Glücks«? Ja, so steht es da, schwarz auf weiß, und wird nicht rot. Die »Boly« war, wie bekannt, ein geschäftlicher Reinfall, der Anfang vom Ende, der Beginn des Abstiegs der Familie Soubirous ins soziale Abseits, ins »Cachot«. Zu sehen gibt es in einem oberen Raum vor allem das Bett, in dem Bernadette zur Welt gekommen ist, sowie an der Wand darüber eine vergrößerte Kopie der Eintragung ihres Namens ins Lourder Taufregister. Unten dann ein paar Fotos aus alten Tagen sowie das stillgelegte Mühlenwerk. In der Mühle Lacadé, nur wenige Schritte entfernt den Hang hinauf, geraten zwischen bescheidenem Meublement gleichfalls Betten ins Blickfeld der Besucher, jene von Bernadette, Mama und Papa. Das Sterbebett der Mutter steht unten in der Küche, gleich neben der Arbeitsstätte des braven Müllers. Und auch hier Familienfotos an den Wänden. Votivsprüche der bekannten Art – »Merci à Notre Dame de Lourdes!« – bezeugen ein weiteres Mal den Beistand unserer lieben »Gottesgebärerin«, der »glorreichen und gebenedeiten Jungfrau« in Not und Bedrängnis.

Die Mühle Lacadé gilt als Elternhaus der Seherin, was sie aber nicht ist. Nach den Erscheinungen von 1858 schenkte ein Kirchenmann und gläubiger Verehrer Bernadettes der Familie Soubirous das Haus, was zur Folge hatte, daß es von da an, was gut zu hören ist, mit dem Müller und den Seinen wieder aufwärts ging. Bernadette selbst lebte seit 1860 als »Pensionärin« im Hospiz der Nevers-Schwestern in Lourdes und kam nur noch gelegentlich als Gast nach Hause. Es war die Zeit, in der man dem Wunsch der Schönen Dame gemäß schon fleißig über der Grotte an einer »Kapelle«, der Krypta, zu mauern begonnen hatte und deren Einweihung Bernadette noch miterlebt hat.

Bei den Schwestern ging sie noch einmal zur Schule, lernte mit einiger Mühe lesen und schreiben und half, obwohl sie selbst lungenleidend war, bei der Kranken- und Altenpflege. Vor allem aber lebte sie im Schwesternhaus abgeschirmt von einer sensationshungrigen Welt, die ihr auf Schritt und Tritt gefolgt und mit frömmelnder Neugier auf den Geist gefallen war. »Sie führen mich vor wie einen fetten Ochsen«, klagte sie einmal. »Sie stellen mich zur Schau wie ein sonderbares Tier.«

Hier, bei den Schwestern im Hospiz, kam Bernadette auch mit dem Bildhauer Fabisch zusammen, der mit seiner Marienfigur für das Oval der Grotte zum geistigen Schöpfer aller Plastik- und Kommodenmadonnen werden sollte. Und hier auch traf sie 1864 die Entscheidung, ins Kloster zu gehen. Zwei Jahre vergingen, ehe man sich herbeiließ, ihren Wunsch zu erfüllen. Bernadette war krank und ungebildet, über eine »Mitgift« verfügte sie auch nicht – keine guten Voraussetzungen, um in den von ihr gewählten Frauenorden Eingang zu finden. »Was fängt man nur mit dir an?« hatte schon ihr Bischof gefragt, der sich für ihre Aufnahme in die Kongregation der Nevers-Schwestern starkgemacht hatte. »Zum Putzen von Gelberüben«, hatte er schließlich befunden, »wird es wohl reichen…« Als es dann endlich soweit war, im Sommer 1866, zogen ihr die Hospiz-Schwestern probeweise ein Profeß-Gewand an und ließen sich mit der als Nonne verkleideten Müllerstochter zu einem Gruppenfoto herbei. Am 3. Juli ging Bernadette zum letzten Mal zur Grotte, um dort von ihrem »Himmel« Abschied zu nehmen. Danach kam in der Mühle Lacadé die Familie zu einem Abschiedsschmaus zusammen. Und dann, am darauf folgenden Tag, ging es mit großem Geleit zum Bahnhof, der übrigens auch ein Geschenk der Dame war, denn seit wenigen Monaten war das kleine Nest am Rand der Pyrenäen zur Bahnstation aufgestiegen und damit an die weite Welt angebunden. Bernadettes Reiseziel war das Mutterhaus der Lourder Schwestern in Nevers. Viel Gepäck trug sie nicht mit sich, eine Reisetasche, einen Regenschirm. Ihr Abschied von Lourdes war ein Abschied für immer...

Auch uns ist es ein wenig nach Abschied zumute, als wir die Mühle verlassen und die enge Rue Bernadette Soubirous hinuntergehen. Außerdem schmerzen den Damen vom Durchwandern der Lourder Topographie und vom Treppauf-Treppab in den Mühlen die Füße. In einem Straßenrestaurant auf dem Boulevard de la Grotte steuern wir erschöpft auf einen leeren Tisch im Freien zu. Dann, nach einem café au lait, überqueren wir den Gave, gehen den Heiligen Bezirk hinunter und besuchen ein letztes Mal die Grotte. Ja, ein bißchen wehmütig ist es uns ums Herz. Was lassen wir in Lourdes zurück? Franz Werfels »weiche Lehne, gegen die man den Rücken stützen kann«? Eine Lichter- und Märchenwelt, in der alles irgendwie, irgendwann zu einem guten Ende kommt, gesetzt, man glaubt nur fest, ganz fest daran?

Im Turm der Oberen Basilika intoniert das Glockenspiel zu jeder vollen Stunde die Lourder Hymne: »Ave, Ave, Ave Maria...« Mit diesem Sound im Ohr verlassen wir durch das Sankt-Josefs-Tor die heiligen Stätten, um in unseren Hotels ans Kofferpacken zu gehen. Kein Zweifel, unsere Reise an den Gave hat sich gelohnt. Jeder glaubt für sich gefunden zu haben, wonach er gesucht hat: den Weg, *seinen* Weg zu einem Ziel, das keiner so ganz genau kennt, an das doch aber alle glauben, glauben wollen.

Etwas freilich, ein Erlebnis der besonderen Art, ist uns versagt geblieben. Ein Wunder, so ein richtiges schönes Großes Katholisches, hat sich während unseres Aufenthaltes in Lourdes nicht ereignet.

Bernadette, als Nonne verkleidet (sitzend, zweite von links):
»Was fängt man mit dir an?«

Anstelle eines Nachworts
Ein Ende in Lourdes

Es ist in den Abteilen unseres Sonderzugs unerwartet still. Längst haben wir Tarbes, Toulouse, Béziers hinter uns gelassen und uns in unseren Ecken eingerichtet. Aber niemand, so scheint es, ist zur Unterhaltung, zu einem zeitvertreibenden Gespräch aufgelegt.

Nicht einmal mehr die Stimmen aus dem Damenabteil dringen durch die Kupeewand zu uns herüber – kein Gelächter, keine Frohnatur übertönt das Rattern der Räder. Wir alle reden, *wenn* wir reden, nur in gedämpftem, zurückgenommenem Ton miteinander. Der Grund ist leider ein äußerst bedrückender. Ein Platz in unserem Abteil, im Abteil der Männer, ist bei der Abreise von Lourdes leer geblieben: der Platz zu meiner Linken, gleich neben der Tür.

Ja, wir haben B. zurückgelassen, ihn zurücklassen müssen. Du, liebe Dame, kennst den Grund, weißt, was (und warum) im Detail geschehen ist; wir Pilgersleute können nur in diese oder jene Richtung vermuten – in diese: daß das Unglück während einer seiner depressiven, von Wahnvorstellungen getrübten Stunden geschah und damit B. schuldlos ist an dem, was über ihn und andere, vor allem über seine Mutter, hereingebrochen ist. Und in jene: daß er wußte, was er tat, daß er bei sich war und bei klarem Verstand seinem Leben hat ein Ende machen wollen. Letzteres freilich wagt hier niemand auszusprechen; wir lesen es uns aus den Augen, hören es aus zaghaft angedeuteten Worten – und schweigen.

Wahr ist: Wenige Stunden, bevor sich unser Pilgerzug in Richtung Heimat in Bewegung setzte, hatte B. allein und unbemerkt das Hotel verlassen. Schon eine halbe Stunde danach – noch hatte sich niemand wegen seines Verschwindens ernsthaft gesorgt – traf die schreckliche Nachricht ein: Mit zerschmettertem Körper hatte man ihn am Fuß des Schloßfelsens, unweit einer Windung der Serpentine, aufgefunden. Es war klar, daß er vom Dach der Burg, dem Point du cavalier, heruntergestürzt war. Die Brüstungsmauer, die in windiger Höhe die Aussichtsplattform abzusichern sucht, ist nicht hoch – jedes Kind kann sie erklettern, tut es aber nicht aus angeborener Scheu, denn auf der anderen Seite geht es steil nach unten, vorbei an Burgmauer und rauher Felswand. Sind es dreißig oder vierzig Meter? Genug, um sich alle Knochen zu brechen.

Daß B. den Sturz überlebt hat, grenzt ans Wunderbare. Der Aufschlag des Körpers wurde abgemildert durch den nach untenhin schräg auslaufenden Fels sowie am Boden wucherndes Gebüsch. Ob er indes auch die Folgen dieses Sturzes überleben wird, ist eine andere Frage. Die Reiseleitung, vor allem die Mutter, die, von Fassungslosigkeit und Selbstvorwürfen heimgesucht, mit einem geistlichen Herrn unserer Gruppe in Lourdes zurückgeblieben ist, gehen von einem nicht zu verschuldenden Unglücksfall aus. Ist es so? Nach dem Sturz fand man in B.s zur Faust geballten Rechten ein zerknülltes Blatt, auf dem in Großbuchstaben ein einziges Wort notiert war. Die

Schrift stammte zweifelsfrei von ihm selbst und gibt leider Anlaß zur Vermutung in jene andere schon angedeutete Richtung. »CENDRE« lautet das Wort auf dem Zettel. Zu deutsch: Asche.

Wie hieß es noch in Odo Marquards Satz vom »Glauben als dem letzten Wort«? »...das nicht zu können ist dann das eigentliche Unglück.« Mußte dieses Unglück aber als Folge einer Wahnsinnstat kommen (die, genau besehen, so wahnsinnig nicht ist)? Muß es dahin kommen, daß Menschen zugrunde gehen, weil sie »das Wagnis des Glaubens an Gott« (Küng), besser: an den *guten* Gott, nicht eingehen können und darum an ihrem unerfüllbaren »Verlangen nach festem Boden, einem beständigen Grund« (Pascal) scheitern, an ihrem Dasein verzweifeln?

»Du hast uns zu dir hingeschaffen, und rastlos ist unser Herz, bis es Ruhe findet in dir...« Ach, wie gern, liebe Dame, wollten wir ruhen in Ihm, wollten Ihm dankbar sein für das Geschenk des Lebens und einstimmen in jenen unvergleichlichen Gesang, wo alles jubiliert zu Seinen Ehren. Kennst Du die Stelle aus dem Werk des alten Meisters? Natürlich kennst Du sie:

Al - les lo - be sei - nen Na- - -men, denn er al - lein ist hoch er-

ha- -ben, al - le - lu- -ja, al - le - lu - ja.

Aber ach, das »Al-le-lu-ja« bleibt uns angesichts der Mißratenheit Seiner Schöpfung im Halse stecken. Nein, es ist ja nicht so, daß unser Sinn für Ästhetik, für Farben und Formen unterentwickelt und wir nicht fähig oder willens wären, uns aus der Vielfalt des Seins Bilder »schöner Natur« zu erschaffen. Aber der Blick hinter die Dinge läßt unsere Begeisterung erkalten. Anstelle namenloser Freude empfinden wir nur namenloses Grauen. Das Leiden in der Welt spricht eine so entsetzliche Sprache, daß jeder Versuch einer wie auch immer gearteten Rechtfertigung Gottes uns als absurde Posse erscheint. »Du sollst dir kein Bild und Zeichen machen«? Ein vernünftiger Satz. Denn er besagt: auch kein gutes.

Ein Ende also, ein Abschied auch hier? – Es ist wahr, Maria: Auch in Lourdes, auf dem Weg zu Dir und Deiner Grotte, ist Gott nicht zu finden. Wie viele andere Wege, ist auch dieser Weg aalglatt – allzu leicht rutscht man darauf aus und landet in einem Abseits, das den Namen »Aberglaube« trägt. Freilich, wir unverdient Privilegierten, die wir das Leid nicht so hart und unmittelbar als Krankheit am eigenen Leib erfahren (vom Leiden darum aber nicht verschont sind), verkennen nicht, wie hilfreich es sein kann, diesen Weg dennoch zu gehen. Und wir denken nicht daran, denen, die glauben, ihn nicht entbehren zu können, mit arroganter Aufgeklärtheit zu begegnen.

Was aber bleibt, wenn die alten Glaubensbilder verblassen, wenn sie, wie es zu Anfang dieses Buches hieß, zu leeren Formeln, zu Wortgeklingel verkommen? Vielleicht am Ende doch Vernunft? Gewiß, Vernunft bewahrt vor selbstgemachtem Elend, will mit Gewalt nicht überzeugen, führt keine Glaubenskriege (führt gar keine Kriege), entzündet keine Scheiterhaufen und stiftet nicht an zu Mord und Pogrom.

»Verachte nur Vernunft und Wissenschaft!« hat uns schon der Teufel geraten, lange bevor er sich hinter die Kühltürme der Atomkraftwerke entlang der Rhone (die wir nun in umgekehrter Richtung wieder passieren) versteckt hat. Wir sollten den Teufel tun, seinen Rat zu befolgen.

Leider haben wir lernen müssen, daß es mit unserer Vernunft nur mäßig bestellt ist; von ihrer Kehrseite, der Unvernunft, dem Wahn des Menschen, ist kaum etwas verschont geblieben – auch Du nicht, liebe Dame, und nicht einmal Dein »armer geschundener Sohn«, wie ich es einmal von B. während eines seiner lichten Augenblicke sagen hörte.

Und doch, dessen trauriges »cendre« vor Augen und allem übrigen Elend zum Trotz: Dahin darf es nicht kommen, daß wir – ohnehin gestraft genug, in dieser laut Leibniz besten aller Welten leben zu müssen – die Tristesse zum Lebensstil erheben oder gar an ihr verzweifeln und zugrunde gehen. »Es lebe, wer sich tapfer hält!« ist ein anderer teuflischer Rat, und diesmal nicht der schlechteste. Denn er gebietet Paroli dem Leiden, wo immer es uns trifft, wo immer wir auf Leiden treffen. Solidarität mit den Hungernden, den Elenden, den Unterdrückten, Kranken, der mißbrauchten Kreatur: Wir haben, liebe Dame, alle Hände voll zu tun, das Leiden anzugehen – *überwunden* ist es damit nicht, und wie denn auch? Was immer wir tun, es überfordert unsere Kräfte, die seelischen, geistigen, physischen, denn des Leidens ist in dieser Welt kein Ende, und der Himmel ist für jene, für die der Glaube nicht das »letzte Wort« sein kann, unendlich fern.

Eine Antwort auf die Frage, wie das Leben trotz allem zu bestehen sei, findet sich am Ende von Voltaires philosophischem Roman »Candide«. Schon Kant, siehe oben, hat an sie erinnert. Dort heißt es, nachdem der Held alle Tiefen des Daseins durchlebt, durchlitten hat, und ein unverbesserlicher Metaphysikus noch immer von »der besten aller möglichen Welten« faselt: »Wohl gesprochen. Aber wir haben in unserem Garten zu arbeiten.« *Wir*. Niemand sonst kann uns dabei helfen.

In diesem Sinn: Maria, adieu!

Anmerkung

Die im vorliegenden Bericht erwähnten Personen und Ereignisse entsprechen – soweit sie nicht mit der Geschichte von Lourdes in einem unmittelbaren Zusammenhang stehen – einer komprimierten Realität; in Art und Folge ihrer Darstellung sind sie fiktiv, aber insgesamt nicht erdichtet.

Bildnachweis

Seiten 27/38/199: gefunden in: Leonard von Matt/Francis Trochu, Bernadette Soubirous, Echter Verlag, Würzburg 1956.

Seite 30: gefunden in: Bernadette Soubirous. Eine Heilige Frankreichs, Europas und der Welt, Herder Verlag, Freiburg 1979.

Seite 84: gefunden in: Johannes und Peter Fiebag, Himmels-Zeichen, Goldmann Verlag, München 1992.